新潮文庫

たそがれ長屋

—人情時代小説傑作選—

池波正太郎　山本一力
北原亞以子　山本周五郎　藤沢周平

新潮社版

8563

目次

たそがれ長屋

――人情時代小説傑作選

疼痛二百両

池波正太郎

池波正太郎（いけなみ・しょうたろう）
一九二三年、東京・浅草生れ。小学校を卒業後、株式仲買店に勤める。戦後、東京都の職員となり、下谷区役所等に勤務。長谷川伸の門下に入り、新国劇の脚本・演出を担当。六〇年、『錯乱』で直木賞受賞。『鬼平犯科帳』『剣客商売』『仕掛人・藤枝梅安』の三大人気シリーズをはじめ、膨大な作品群が絶大な人気を博す。九〇年、急性白血病で死去。

一

胃の腑《ふ》の痛みで、目がさめた。

このごろは、毎朝のことなのである。

その不快さにも、大原宗兵衛秀望は馴《な》れてしまったかのようだ。

床につくときは、用意させておいた熱い酒のいきおいでねむってしまうが、朝になると、かならず胃が痛んでくる。

洗面のとき、うがいをしたとたんに、吐気をもよおすこともあった。

宗兵衛が、枕元《まくらもと》の盆に置いてある陶製の大きな鈴を手にとり、強く振った。

(目ざめたぞ)

という合図なのである。

次の間との境の襖《ふすま》が開き、妻の佐喜江が顔をのぞかせた。

まるで、死人のような顔をしている。

今年で五十歳になった佐喜江だが、見たところ六十の老媼《ろうおう》にもおもえた。

昨夜の恐怖と不安が、佐喜江の痩《や》せ細った面に、まだ貼《は》りついているかのようであった。

「案ずるな」

と、いおうとしながら、宗兵衛は別のことを口にのぼせていた。

「すっかり、あたたかくなったな」

「はい……」

「戸を開けてくれ」

佐喜江が雨戸をくり、障子を開けると、小さな、せまい庭の塀《へい》ぎわの更紗木瓜《さらさぼけ》が、白に紅を散らした濃艶《のうえん》な花をひらいているのが見えた。

「咲いたのに、気づかなんだ……」

宗兵衛のつぶやきに、佐喜江がうなだれて、

「日夜、いそがしゅう、お暮しゆえ……」

「木瓜の花の紅が、血のようだ」

「およし下されませ」

叱《しか》りつけるような、佐喜江の声であった。

(もっともだ)

宗兵衛は、苦笑をした。

昨夜おそく……。

宗兵衛は、外出先から藩邸内にあるこの自分の長屋へ帰ろうとして、元鳥越の甚内橋へさしかかったとき、三名の刺客に襲撃されている。

三人とも黒布で顔をおおい、身仕度も充分にととのえ、橋の南たもとから突風のように殺到して来たのだ。

宗兵衛の駕籠《かご》につき従っていた藩士は三名にすぎなかったけれども、その中の堀江雄吉は、江戸家老・伊藤外記《げき》が、

「念のために……」

といい、特に、宗兵衛の警固につけてくれた若者である。

そのとき堀江は、間髪をいれず駕籠の前へ立ちふさがり、二人の藩士へ、

「逃げて下さい」

いいざま、抜き打ちに刺客の一人を切った。

後できくと、すばらしい手ぎわであったらしい。

そのまま、堀江一人で三人を食いとめ、甚内橋をわたりもどって逃げる宗兵衛の駕籠は無事に藩邸に到着した。

近くの辻《つじ》番所からも人が出て来たということで、負傷した一人をふくめた三人の刺客は、猿屋町の角を蔵前通りの方向へ逃走したらしい。

堀江は、

「追おうとも存じましたが、大原様のことが気にかかりまして」

と、駕籠へ追いついてから、中の宗兵衛へ報告をした。

宗兵衛は、いまどきの若者の中にこのような男もいたのか、と、目をみはるおもいがしたものだ。

（二十四歳、とか申していたが……いや実にできている。おれが堀江と同じころは、いやもう、箸《はし》にも棒にもかからぬやつだったものなあ）

であった。

堀江雄吉は、身分のごく軽い士《もの》で〔徒士組《かちぐみ》〕に属している。宗兵衛も彼の顔を見知っていなかったわけではないが、これまでは別に、関心を抱く必要もなかった若者なのである。

（しっかりしたやつだ）

佐喜江に手つだわせつつ、着替えにかかりながら、宗兵衛は、

（おあいと夫婦にさせてもよい、な）

ふと、そうおもった。

長女のおまきは、すでに小三郎という聟《むこ》をもらってあるが、次女のおあいは今年二十一歳。婚期を逸しかけている。

また実際、ここ三、四年はむすめの婚礼どころではなかったのだ。

禄高《ろくだか》五百五十石で、江戸留守居役という重職をつとめている大原宗兵衛などの上級藩臣でさえそうなのだから、他の家来たちの婚礼も、このところ、ぴたりと打ち絶えてしまっていた。婚礼には金がかかる。

なにしろ、北国にある〔殿さま〕の領国は、ここ数年にわたる不作つづきの上、五百川という大河が毎年のように氾濫《はんらん》し、その水害だけでも非常なものだ。

「なんとしても、五百川の川すじを変えてしまわぬと、いつまでたっても、苦しみからは逃げられぬ」

と、だれしも考えている。

だが、それだけの治水工事をおこなうには莫大《ばくだい》な費用を必要とする。

「出したくても鼻血さえ出ぬ」

ほどの藩庁の経済状態では、治水どころではなく、藩士たちの俸禄《ほうろく》、俸給でさえ、その半分を〔半知御借り〕という名目で〔殿さま〕へ貸しているのだ。

そして〔殿さま〕の能登守《のとのかみ》治忠は、酒色におぼれ、藩政に関心を抱くこともなく、あらんかぎりの遊蕩《ゆうとう》をしつくし、三年前に参覲《さんきん》で江戸へ来た折、新吉原《よしわら》の遊女・綾袖というのを身受けし、これを国家老の土井式部の養女にし、自分の側妾《そばめ》としてしまった。

先代の〔殿さま〕能登守景茂は、むかしから収穫のわるい領国のことを、よくわきまえて、国もとの御殿で使用する燈油《とうゆ》の倹約にまで、きびしく目を光らせていたものである。

不作の年などは、殿さまみずから粟粥《あわがゆ》をすすっていたこともある。こういうわけだから、藩士も領民も〔国の貧しさ〕をなっとくしていたわけなのだが、景茂が亡《な》くなり、後つぎの治忠が〔殿さま〕になると、事情が一変した。

治忠は、幼少のころから父・景茂にきびしい倹約生活を強いられていただけに、いざ自分が十万五千石の領主の座へすわったとたんに、反動が来た。

〔自分は一国の主《あるじ》である。なにをしてもよいのだ〕

というわけで、亡父が、つつましくたくわえた財産にも手をつけ、これを押しとどめようとする老臣たちを制圧するため、以前から気に入りの土井式部を納戸役《なんどやく》から〔家老職〕に抜擢《ばってき》し、それからはもう、歓楽の深淵《しんえん》へおぼれこむばかりとなってしまった。

むろん、これをいさめた藩臣も何人かいたけれども、そのたびに役職をうばわれるか、追放されるか、二人ほどは死刑に処せられている。

その能登守治忠が急死したのは、つい三月ほど前のことであった。心ノ臓が悪化していたらしい。国もとの側妾を抱いていて頓死《とんし》してしまった。はなしにもならぬ。

その後、間もなく、国家老の土井式部が暗殺されている。犯人はわからない。式部も、城下外れの寺院に囲っていた愛妾《あいしょう》の寝間で殺された。妾《めかけ》も即死している。

二人を殺したのは〔忠義派〕の藩士たちらしい。おそらくそうであろう。

それはさておき……。

困ったのは、悪い殿さまが死んで、その後つぎになるべき友之助貞之が、まだ四歳の幼児にすぎないことなのである。

日本全国は、数百の大名たちがそれぞれに領有し、これを治めているのだが、その上には〔徳川将軍〕という絶対的な元首が存在し、その〔幕府〕によって大名たちがさらに統治されている。

「後つぎが幼少にすぎる。一国を治める資格がない」

と、将軍や幕府が断を下せば、能登守も十万石もたちまちに取りつぶされ、領国は幕府に召しあげられてしまう。そうなれば数百の家来とその家族が、すべて路頭に迷うことになる。

これは、以前に何度も例があったことだ。

それに、将軍や幕府はかねてから、能登守治忠の好ましからぬ行状をよく知っている。

領民たちも、あまりにむりな年貢《ねんぐ》や納税の取りたてがきびしく、それを〔殿さま〕が濫費《らんぴ》してしまう事実にたえかね、何度も暴動を起してきていた。

これも幕府の耳に入っているはずだ。

「この機会に……」

故能登守の領国を取りつぶしてしまおう、という考えが、将軍にも幕府にも濃厚になってきている。

こちらでも、手をつかねていたわけではない。

四歳の若殿に後をつがせていただきたい、と、執拗《しつよう》に幕府へねがい出ている。

まだ、許可がおりない。

うかうかしてはいられないのだ。

幕府へ、嘆願せねばならぬ。

単なる嘆願ではない、八方へ手をつくして〔運動〕をしなくてはならぬ。

この〔運動〕の先鋒《せんぽう》となるのは、やはり、留守居役の大原宗兵衛をおいて、ほかにはないのであった。

留守居役というのは、江戸藩邸に勤務する藩士が世襲でつとめる外交官（というよりも、封建の時代の外務大臣に匹敵するといってよい）で、絶えず幕府の動向や、他藩の情報をあつめたり、藩邸出入りの商人たちや、他の大名家との交際などに神経をくばり、席次は家老職におよばぬが、なまなかなものにはつとまりかねる〔重職〕であった。

いま、四歳の若殿が十万石の後つぎになれるか、どうか。ひいては宗兵衛をふくめた家来たちが路頭へ放り捨てられるか、どうか……。

それが、大原宗兵衛の五十二歳の肩に、ずっしりとおおいかぶさっている。

胃も、痛くなるはずであった。

二

四ツ（午前十時）に、大原宗兵衛は自分の長屋を出た。

北国の国もとにいるなら、宗兵衛の屋敷も大きく、したがって奉公人も多いわけだが、定府の藩士はいずれも藩邸内の長屋に住み暮しているから、家老といえども十間仕切の長屋である。宗兵衛の長屋は六間仕切とよばれるもので、つまり、部屋が六つあるということだ。そのかわり、すべて簡略に暮せるから、国もとの城下にいる藩士たちにくらべると出費が少なくてすむ。

だが、江戸は物価が高い。

馬場に沿った石畳の通路を行く大原宗兵衛を、すれちがう藩士のほとんどが、にらみつけてゆく。

今日も宗兵衛につきそっている堀江雄吉が、さりげない様子をしていながら、すこしの隙《すき》もつくらぬのに、

（ふうむ……）

宗兵衛は感心をした。

いま、藩士の大半が宗兵衛に憎悪《ぞうお》を抱いているといってよい。

宗兵衛も、暗殺された土井式部と共に、亡《な》き能登守治忠の寵臣《ちょうしん》であったからだ。だが、殿さまの気に入られるようでなければ留守居役など、つとまるものではない。

それに……。

役目がら、大原宗兵衛は多大の機密費と交際費をつかうことがゆるされていた只《ただ》ひ

とりの藩士といえる。それも祖父の代からだ。

汚職のにおいが濃い、とおもわれているのもむりはない。

〔殿さま〕が死ぬと、過激な〔忠義派〕が、かつて殿さまのまわりにはべっていた藩士たちをどしどし制裁しはじめた。

役目を追われるもの、牢《ろう》へ入れられるもの、切腹を申しつけられるもの。これはみな、国もとにいて、これまでは殿さまと土井式部に押えられていた老臣たちが、若い藩士をあつめ、勝手に裁断を下しているのだ。

(御家がつぶれるかどうか、というときに、何をばかな……)

宗兵衛は、あきれ返っている。

昨夜。顔をかくし、襲いかかって来た刺客たちも、

(もしやすると、国もとから、ひそかに江戸へ出て来た士たちやも知れぬ、な……)

そうおもっている宗兵衛であった。

通路をぬけ、内堀の潜門《くぐりもん》をくぐると、表御殿の内玄関前へ出る。

そこから、宗兵衛は御殿へ入った。

昨夜、申し入れておいたので、〔用部屋〕に、江戸家老・伊藤外記が宗兵衛を待っていた。

背丈も高く、でっぷりと肥えた大原宗兵衛にくらべると、伊藤家老は子どものように小さく、細い。まっ白な毛髪が多く、日に一度はかならず髪をゆい直す。しゃれものの老人なのである。

「昨夜、襲われた、とな」

伊藤は、堀江雄吉から報告をうけたものらしい。

人ばらいがなされている。次の間に、堀江一人が大刀をゆるされて控えているのみだ。

「たれか、見おぼえはないのか？」

「堀江にもわからぬのに、私が何でわかりましょう」

「む、もっとも……」

「御家老、それよりも……」

「金が……」

「いかさま。軍資金が無《の》うては、何もできませぬ」

「いくら、いる？」

「さて……先《ま》ず、とりあえず二百両……」

「先刻、勘定奉行に問うたところ、この上屋敷には五十両もないそうな」

「諸方からも借りつくしてしまいましたゆえ……」

「おぬし、すこしも痩《や》せぬな」

「だから困ります」

「む……？」

「美食と酒と、かすめとった藩金とで、肥《ふと》りかえっている……藩士たちは、そのようにおもっております」

「ふ、ふふ……そのとおりではないのか」

「御冗談はおやめ下さい」

「ほい、ほい」

外交官であるがゆえに、客の招宴にものぞまねばならぬし、また招かれても行く。むかしからのことで、それが役目なのだ。

美食にも酒にも、女にも飽いている。

「至急に、二百両がほしいとおもいます」

「ない袖《そで》は振れぬ」

「困りましたな」

「困った……」

実は、幕府老中の〔秘書官〕ともいうべき表御祐筆衆《おもてごゆうひつしゅう》の一人である野村右近《うこん》を、ぜひとも招待せねばならぬのだ。

表御祐筆の手かげんひとつで、こちらの嘆願書も老中のもとへすみやかにとどけられることになるのだし、彼らの口ぞえによる効果も大きい。

野村右近は、潔癖な物堅い人物で、諸藩の留守居役からのさそいもなかなかにうけつけない。それだけに、幕府政治の最高責任者ともいうべき〔老中〕の信頼が厚く大きい。

(なんとかして、野村に口ぞえをたのみたい)

と、大原宗兵衛は必死に運動をつづけてきた。

昨夜、外出をしたのも、そのことについてであった。

浅草・阿部川町に、幕府の表御番医師をつとめる竹井玄庵《げんあん》の屋敷がある。

竹井玄庵の姉が、野村右近の弟の妻女であった。

大原宗兵衛と竹井玄庵は親密の間柄である。

こうしたときに、平常の交際が役に立つのである。

「玄庵殿。ぜひとも、野村殿へ紹介をしていただきたい」

と宗兵衛は執拗《しつよう》にたのみこんできた。

玄庵も、こちらの内情はよく知っている。

何度もたのみこんでくれたらしいが、野村右近は、そのたびに拒否してきた。

それが、昨夜……。

「すぐに、おこしねがいたい」

竹井玄庵の使いが藩邸へ来たので、宗兵衛が竹井屋敷へ急行すると、

「野村のほうで、会《お》うてもよい、と申してまいりましてな」

と、玄庵がいった。

「ま、まことでござるか」

宗兵衛は感激した。

野村右近の口ぞえによって、四歳の若殿に家督がゆるされるなら、二百両どころか、千両つかっても惜しむところはないのである。

しかし、とりあえず、野村右近と竹井玄庵を宗兵衛が料亭へ招待をし、帰りに〔料理切手〕と土産物の入った包みをわたす。

この中に、ともあれ百両ずつは忍ばせておかねばならぬのが、常識？　であった。

その二百両がない。

次第によっては、もっともっと金が必要になるだろう。

ついに、白髪頭をかかえこんでしまった伊藤外記をながめ、大原宗兵衛は胸の中で舌を鳴らした。

（せっかく、ここまで漕《こ》ぎつけたものを……）

であった。

「ごめん」

苦りきって、宗兵衛が席を立った。

「行くのか、宗兵衛」

「ここにいても仕方ございますまい」

「どこぞに、当てでもあるのか？」

「あれば、あなたさまへ御相談はいたしませぬ。明日までに二百両、ぜひとも御算段下さい」

三

用部屋を出て、大廊下を坊主《ぼうず》部屋の前へかかったとき、藩士・森専蔵が「大原様」と呼びかけ、一通の書状を差し出した。

これは、松平主膳正《しゅぜんのしょう》の家臣・高木彦四郎からのものであった。

高木彦四郎も松平家の〔江戸留守居役〕をつとめてい、年齢も大原宗兵衛とおなじである。役目柄もあって、双方の父親の代から親交がふかい。

文面は、簡単なもので、

「急ぎ対顔いたしたし。浅蜊《あさり》河岸・万屋《よろずや》までおこし下さるべく……」

と、ある。

(いつでもこれだ。どうせ、退屈しのぎに酒でもくみかわしたいのだろう。こちらは、それどころではないのだ)

宗兵衛は、以前よくふざけて、高木彦四郎のことを〔たぬ彦どの〕などとよんだものだ。高木の顔が狸《たぬき》に似ているからである。

(たぬ彦めは、のうのうとしている。裕福な主《あるじ》をもつ留守居役ほど、うらやましいものはないな)

であった。

「御返事を使いの仁が待っておられますが……」

「行けぬ、と、申せ」

「はい」

行きかける森へ、大原宗兵衛が、

「あ、待て」

「は……?」

「よし。すぐまいる、とつたえい」

「はっ」

藩邸にとどまっていたところで、妙案がうかぶわけのものでもないのだ。去年の暮れに、国もとから江戸屋敷の歳末から春にかけての費用として送ってきた金は、一昨年の半分にもみたぬ。どこもかしこも借財だらけで、そのやりくりも種がつきたかたちになってしまった。

(いっそ、たぬ彦の顔でも見て、時をつぶすがましやも知れぬ)

と、宗兵衛は、おもい直したのであった。

「お出かけになりますので?」

茶坊主二人に見送られ、内玄関を出て行く宗兵衛の背後から、堀江雄吉がささやいた。

「でき得るなれば、おやめ下さい」

「お前は、ついて来ぬでもよい」

「困ります」

「大丈夫だ」

「では……お供がかなうのなら、お出かけになられましても……」

「よいか」

「仕方ありませぬ」

眉《まゆ》の濃い、がっしりとした堀江の顔貌《がんぼう》がいささかも動じてはいない。

通路を長屋へもどりながら、

「堀江。きまった女がいるのか？」

「は……いや、そのような……」

「いるのか、いないのか？」

「おりませぬ」

「よし」

いよいよ決めた、と、宗兵衛はひとりでうなずいた。

（おあいを、こやつに押しつけてしまおう）

そして、

（ええもう面倒な……いっそ、御家が取りつぶされて、おれも妻子と、この堀江雄吉をつれ、浪人暮しをしたほうが、いっそ気楽な……）

自棄気味に、そのような想《おも》いがうかんでくる。

長屋へもどり、外出の仕度を命じた。妻女が反対し、養子の小三郎夫婦も顔色を変えて押しとどめにかかった。

次女のおあいだけが、凝《じっ》と、次の間に控えている堀江の横顔を見入ったまま、沈黙しているのをちらと見やって、

「む。よし」

宗兵衛がうなずき、にやりとした。

「なにが、よしなのでございます」

「うるさい。堀江がついて来てくれるのだ、心配はいらぬ」

すると、おあいの頬に、ひそやかな笑くぼが生まれた。

「どちらへまいられます？」

と、小三郎。

「御家の大事だ。いちいち他言のならぬこともある。さ、堀江、まいろう」

「はっ」

勝手門から出た。

何人もの藩士が、二人の出て行くのを見送っている。この中には、国もとから来た

刺客たちへ、いちいち宗兵衛の行動を密告している者もないとはいえないのである。

佐久間町の角で、宗兵衛は町駕籠《まちかご》をひろった。

ここから、京橋・浅蜊河岸にある料亭〔万屋〕までは遠い道のりでもない。

万屋は、宗兵衛と高木彦四郎が何かにつけて落ち合う場所であった。

二階座敷に待っていた〔たぬ彦〕が、妙に強張《こわば》った顔つきで宗兵衛を迎えた。これから酒をのもうという表情ではない。

「よく、来てくれた。毎日、いそがしゅうしているにちがいないと、おもうたのだが……」

「どうだ、松平様で二百両、貸していただけぬものかな」

高木が顔をしかめた。

「おどろくな、冗談だよ」

「こやつは、何だ？」

と、高木が堀江をあごで指した。

「おれの、用心棒どのだ」

「ふむ。いろいろと、おぬしもむずかしゅうなったわけだの」

「昨夜、刺客に襲われた」

「げえっ……まことか？」

すべてをきいて高木が、

「そりゃ大変だ。そこまで来たか……では、このはなしはやめにしよう」

「なんのことなのだ？」

「いまおぬしに、語るべきものではないやも知れぬ」

「かまわぬ、いってみたらどうだ」

「怒らぬか」

「ばかな……」

「こやつが邪魔だ」

「人ばらいか。大仰な……はは……」

「とにかく、向うへやってくれ。ここへまでは刺客も来まい」

「いや、わからぬぞ」

「ぶっそうな……」

「よし。堀江、廊下の角の座敷へ行っておれ。いま、すぐに酒と飯をとどけさせよう」

「はい」

素直に、堀江が引き下るのと入れちがいに、万屋の家つきの女房・お末が酒肴《しゅこう》をはこんであらわれた。四十五、六の、やわらかな顔、躰《からだ》つきの女である。お末は、宗兵衛と高木とも二十何年のつきあいであった。

「久しいな。たぬ彦さんが内密のはかりごとをもちかけるらしい。外してくれ」

「いや待て、宗兵衛。内儀のはなしをきいてもらいたいのだ」

「む……?」

「おれたちのむすめのことだよ」

「むすめ……?」

とっさに、宗兵衛はわからなかった。

四

二十七、八年も前のことになるが……。
この近くの中ノ橋に〔笹や〕という小さな船宿があったものだ。

亭主は長八といい、酒と博打《ばくち》が飯よりも女よりも好き、という男で、女房が亡《な》くなってからは、ひとりむすめのお栄が一手に店を切りまわしてい、当時、二十四、五だった大原宗兵衛や高木彦四郎よりも、

「年上だとおもっていた」

ほどに、お栄は豊満に熟れていたものだが、のちにわかったところによると、二十をこえていなかったらしい。

いやもう、こぼれるような愛嬌《あいきよう》があって、夏などは、ぐっと押しひろげたえりもとから乳房の上部のふくらみが、ねっとりと若い女の照りを見せてのぞけるほどの着つけをわざとして見せる。

そのころは、宗兵衛も高木も、それぞれの父が役目についていて、ことに宗兵衛の亡父・大原秀保などは、

「剣術の稽古《けいこ》をするよりは、酒と女を習え。そのほうがよほど、御役目の足しになる」

と、いいはなったことから見ても、およそ〔留守居役〕の内容が知れようというものだ。当時は、まだまだ世の中も気楽であったし、先代の殿さまは自分が倹約しても、留守居役の機密費は惜しまぬところがあり、事実、宗兵衛の父は派手やかにふるまっていたかわりに、何度も貴重な情報をつかみ、対幕府との関係を有利にみちびいてきていたものである。

ま、こうしたわけであったから、次代の留守居役をつぐべき宗兵衛や高木なども、

小づかいをたっぷりあたえられ「世の力を見てまいれ」といわれる。こたえられなかったものだ。

若い二人は、そのころから〔万屋〕へ入りびたり、必然、近くの〔笹や〕の舟をつかって諸方の遊里へも出入りをしたわけだが……。

そうなればまた、当然、〔笹や〕のお栄の媚態《びたい》を打ちすてておけなくなるではないか。

そしてお栄は、なんと大原宗兵衛にも高木彦四郎にも、肌身をゆるしたのである。その肌身、すばらしかった、というよりほかに、いいようがなかった。

何度、お栄を抱いたろう。

「おれは、六度。おぬしより一度、多い。当節はああしたさばけた女は、もういなくなったのう」

などと、いまも高木は低い鼻をうごめかし、得意になっているのだが、つまりは間もなく、長八とお栄の父娘《おやこ》は、船宿をたたみ、長八の故郷である相州・小田原の在へ去った、ということになる。

長八が博打で背負い込んだ借金は相当なもので、ついにそれが〔いのちとり〕になった。

別れにさいして、お栄は宗兵衛と高木をまねき、明日は人手にわたろうという〔笹や〕の二階で、

「これが、おしまいでござんすから、おもいのこりのないように抱いて下さいまし」

さびしげな様子もなく、ふっくらと張った諸腕《もろうで》をさしのべてきたものである。

忘れもしない初冬のことで、冷雨がふりけむる外の気配も物かは、若いということはおそろしいもので、同じ座敷に三人。炬燵《こたつ》にもぐりこんで狂乱の痴態を飽くこともなくしてのけた。

階下で、冷酒をあおりつづける長八の濁声《だみごえ》が、

「いまも、耳にのこっている」

と、高木彦四郎はいう。

翌朝になって……

二人を送り出すときに、お栄がにっこりとして、

「お二人には、いい形見をいただきましたよ」

「なんだ、それは？」

「ここに……」

と、わが腹へ手をあてて見せ、お栄が、

「どちらかのお子がやどっているのですもの」

「ふざけるな。いいかげんにしろ」

高木は一言のもとに笑い飛ばしてしまい、宗兵衛も、あまりに平然としているお栄の態度に、

「落し子が育ったら、いつでも連れて来い。対面のことをはかろうてつかわすぞよ」

本気にせず、二人、もつれ合うようにして雨の中を引き上げて来てしまった。

「さ、それが、本当だったらしい」

と、二十何年も経たいま、高木彦四郎が盃《さかずき》を口にふくむことも忘れ、宗兵衛に、

「内儀が、おれたちの子を見た、という」

「まさか……」

「いいえ、本当なので……」

と、万屋の内儀が身を乗り出した。

「一昨日、見たのでございますよ。大原さま」

「どこで、だれを？」

「洲崎《すさき》弁天の門前で、よしず張りの小さな茶店をやっているのを、見たのでございます」

「お栄が、か？」

「いいえ、お栄さんのむすめが……そりゃもう、お栄さんにそっくりなので……おもわず、声をかけたんでございます。そうしたらもう、やっぱり……」

「当ったのか？」

「はい、お栄さんは、十年も前に、小田原で死んだそうでございますよ」

「そ、そうか……」

するとなく高木が、

「そのむすめの年齢を内儀がきいたら、ちょうど、あのころの……おれとおぬしとお栄との……ぴったりなのだ。間ちがいはない」

「む……だが、お栄の男は、われらのみであったろうか。そうではあるまい」

「いや……そりゃ、あのような女だが、われわれにうそを申す女ではない。な、宗兵衛。そうではないか、そういう女なのだ、あれは……」

「ふうむ……」

「ぼんやりいたすな」

「し、しかし、彦四郎……そのむすめを、われわれの子、だというのは、いささかどうも早計ではないか。な、どうだ、おかみ」

万屋の内儀がいうには、

「私はむかし、お栄さんとは親しくしていた万屋のむすめなのですよ」

そう名のると、むすめは、亡母のお栄からよくきいていた、とこたえ、わたしの父親という人は知りませんが、なんでも、れっきとした、どこぞの御武家だと、母が申しておりました……と、語ったというのだ。

むすめの名は、おみのといい、七ツの女の子と病身の亭主を抱え、五年も前から江戸へ来てはたらきつづけ、洲崎弁天門前の一隅へささやかながらも茶店をもつまでには、夫婦ともども、非常な苦労をしたのだそうな。

「どうする、宗兵衛」

「ふうむ……」

「見に行こう、そのむすめを……」

「しかし、どうも……まことなのか、それは……？」

「おれは、まことと、とおもう」

青ざめつつ、高木彦四郎が、

「おぬしの種か、おれの種か……どちらにしてもわれわれの子だ」

きっぱりと、いったものだ。

五

江戸湾の海と空が、霞《かすみ》に溶けていた。

やんわりとした、春の曇りの日であった。

深川・洲崎弁天社へつづく土手に立ちならぶよしず張りの茶店の前を通りぬけて行く大原宗兵衛と高木彦四郎は黙りこんでいる。

万屋の内儀は、わざと連れて来なかった。

堀江雄吉が、万屋でおそい昼飯をとっている隙《すき》に、二人はそっと万屋をぬけ出し、舟で深川へやって来たのである。

「あれだ」

と、高木が宗兵衛の袖《そで》を引いた。

洲崎弁天の鳥居内を北へぬけ、木場へわたる江島橋のたもとに、内儀からきいたとおりの小さな茶店が出ている。

その斜向《はすむか》いに〔稲葉屋〕というわら屋根の、これは古くからある茶屋へ入り、二人は前庭の腰かけにかけ、茶を命じた。

二人とも、編笠《あみがさ》をぬがない。

夕暮れも間近いので、参詣《さんけい》や行楽の人びとも減っているが、道をへだてたかの茶店の前に人だかりがしているのに、二人は気づいた。

男の叫ぶ声がきこえた。

女の悲鳴のような声も、耳に入った。

「なんだろう、彦四郎」

「む……？」

人だかりが、ぱっと散った。

茶店の中から道へ突き飛ばされた男が、のめりこむように転倒したのを追って、中からわらわらとあらわれた五人は、いずれも凄味《すごみ》の男たちで、宗兵衛の目にも、

（ははあ……深川の無頼どもだな）

と、わかる。

茶菓をはこんで来た稲葉屋の茶汲女《ちゃくみおんな》が、

「あれ、また……」

低く、叫んだ。

「どうしたのだ？」

宗兵衛の問いに、女は、

「近ごろ、店を出したのでございますが、いじめられてばかり……」

「だが、すじは通してあるのだろうが？」

「はい。ですけれども、あの……」

いま、無頼どもに撲《なぐ》りつけられ、蹴《け》りつけられている細い躰の三十男が亭主なのだそうだが、なかなかに強情者で、無頼どもの無心や強要に応じないらしい。このあたりでも古くから名の通った稲葉屋のような店は別として、土手道や橋ぎわに小さな店を張っているものは、いつも泣きを見ているのだ、と、茶汲女は口ぜわしく語った。

「あっ……」

遠巻きにしている見物の叫びが、するどくきこえた。

茶店の中から駈《か》けあらわれた女房が鰺切包丁《あじきりぼうちょう》をつかんで、無頼どもへ切りかかったのである。

「ああっ!!」

「宗兵衛」

と、二人は腰を浮かせ、

「まさに……」

申し合せたように大刀をつかんだ。

この間……。

女房は蹴倒され、もはや身うごきもならぬ亭主の血だらけ泥だらけの躰《からだ》へおおいかぶさるようにして、

「殺せ、いっしょに殺せ」

ふりしぼるような声をあげた。

「お栄に生き写しだ、彦四郎」

「いかにも……」

「どうだ、やるか」

「おれとおぬしでは、どうも、な……」

たよりなげにいいつつも、高木彦四郎の満面は怒張し、唇がわなわなとふるえている。

（おれも、彦四郎と同様の面《つら》つきになっているのだろうな）

と、宗兵衛はおもった。

お栄そっくりの女房が、無頼どもに髪をつかまれ、なぐりつけられている。茶店へ入ったやつめが、売り上げの銭が入った箱をわし掴《づか》みにして出て来るや、けたけたと笑った。

この瞬間……。

宗兵衛も高木も、われを忘れた。

剣術の〔け〕の字も知らず、ただもう、腰の大小の重さのみにうんざりしてきた二人だし、五十をこえた腕力には、まったく自信もなかったわけだが……。

「うむ!!」

「斬《き》るぞ!!」

同音にわめきたて、稲葉屋の生垣を躍り越え（あとで考えて見て、二人とも、どうして四尺もある生垣が飛び越えられたのかわからなかったものだ）大刀を振りかざし、無我夢中で、さわぎの中へ駈け込んだ。

六

十年も前に死んだという、お栄のむっちりと張った白い腰まわりへ、自分の腕が巻きついているのを、もう一人の自分が凝視している。

お栄の唇から白い歯と、紅《あか》い舌がちろちろと見える。

お栄の乳房へ、ぬくぬくと顔をうめている自分を、暗い部屋の一隅で、高木彦四郎がにらみつけている。その高木の顔が自分の顔になる。今度は高木がお栄を……。

息苦しい。全身が汗ばみ、自分がしきりに何か叫んでいる。お栄の胸乳が自分の眼の上で、おもくゆれうごいている。

「あ……」

そこで、大原宗兵衛は目ざめた。

夢の中での自分と同じように、躰《からだ》が汗にぬれていた。

（や……？）

何か、下腹のあたりに異常な感覚があった。

手を下へさしのばし、その感覚の源をさぐって見たとき、宗兵衛は暁闇《ぎょうあん》の中で、声もなく哀《かな》しげに笑った。

（おれとしたことが……）

であった。

もう三年ほど前から、宴席へ出ても女たちにこころをひかれなくなっていたし、また、主家の窮乏と騒乱に奔命しつづけ、そのほうのことなどおもいみる暇とてもなかったのだ。

それが、

（ばかな……この年齢になって、なんの態《てい》だ）

舌うちをし、宗兵衛は枕元《まくらもと》の懐紙をとり、右手の指先をぬぐい、さらに新しい紙をとって下へさし入れた。

宗兵衛が、昨夜、藩邸へもどったのは六ツ半（午後七時）をまわっていたろう。

万屋へ置き去りにされた堀江は、内儀からきいて深川へ駈《か》けつけたらしいが、すでに宗兵衛と高木は、茶店の夫婦と共に、洲崎弁天から消えていたのである。

茶店の女房おみのは、たしかにお栄のむすめであった。

亭主は庄治郎といい、もともと深川に生まれたが、小田原へながれて行き、御幸ノ浜の魚市場ではたらいていたとき、当時十八歳のおみのと知り合ったとか……。

そのとき、母のお栄も祖父の長八もすでに病死してい、おみのは、三州屋という旅籠《はたご》の女中をしていたらしい。

同じ深川の蛤《はまぐり》町の裏長屋で、庄治郎の老母が七つになる孫と共に留守をしていた。

駕籠《かご》に乗せた庄治郎おみのを、この住居へ送りこみ、宗兵衛は近辺の町医に来てもらった。

夫婦とも、かなりの重傷である。

「なに、大丈夫。死ぬようなことはあるまい」

と、町医がいい、高木彦四郎は、

「おれが残る」

と、宗兵衛にいった。

高木は昂奮《こうふん》しきっている。

あのとき、刀をぬいて二人の老武士が飛びこんで来るのを見るや、呆気《あっけ》もなく無頼どもは逃げてしまった。

安逸と勝利の快感が、宗兵衛の五体を熱くしたのもたしかなことであった。

「おぬしは帰れ。常のときではないのだ。屋敷でも心配していよう」

そういわれれば、たしかにそうだ。

おみのと庄治郎は傷の苦痛にうめきながら、この老武士が、なんでこのように熱情的な救助と介抱をしてくれるのか……それが、どうしてもわからぬ、といった様子なのだ。

長屋を出る大原宗兵衛の後からついて来た高木彦四郎が、

「よう似ている」

「む。まさに、お栄のむすめだ。それだけは、間ちがいない。だが、われわれの子だというのは……」

「間ちがいない。年月がきっちりと合うではないか」

「しかし……もしそうだとしても、おれの子か、または、おぬしの子だろう。われわれの子、というのは、どうも……」

「ではきこう。どちらの子か、それをたしかめる手段があるか、どうじゃ？」

「む……ない」

「では、われわれの子ではないか」

「む……まあ……とすれば、あの七つの女の子は、われわれの初孫ということか……」

「よし、よし。ゆるりとわけをきいておく。明日、また、万屋へ来い。な、どうじゃ？」

「む！　行く」

「よし」

「金をもっているか？」

「おぬしよりは、な」

「ばか」

「さ、早く帰れ」

それで帰って来た。

（あれから、どうしたか……）

そうおもうと、じっと寝てもいられない。

宗兵衛は、枕元の鈴をとって打ち鳴らし、ようやく起きたばかりの妻女がおどろいて顔を出すのへ、

「湯を浴びる。すぐに沸かせ!!」

と、いった。

七

湯を浴びたのち、着替えをしているとき、大原宗兵衛は、はじめて気づいた。

（今朝は、痛まぬ……）

胃の腑《ふ》が、である。

何やら爽快《そうかい》な気分であった。

こころも躰《からだ》も、妙に若やいできたような感じがする。

そこへ、勘定方の大崎千馬が面会にあらわれた。大崎は、宗兵衛と江戸家老・伊藤外記の〔腹心〕の一人なのである。

伊藤家老は、昨夜から発熱し、寝込んでしまったという。

「……二百両など、とうてい算段がつきませぬ。どうあっても今日、御入用なので？」

と、大崎が血走った眼をしょぼしょぼさせている。昨夜もおそくまで算盤《そろばん》をはじいていたのだろうが、いくらはじいて見たからといって余剰の生まれるはずもないのだ。

長い、長い沈黙の後で……。

「よし、わかった」

宗兵衛が沈痛にうなずき、

「帰ってよい」

「は……では、二百両……？」

「金は、なくとも要《い》るのだ。今日のうちに、竹井玄庵へ返事をし、一時も早く、野村右近殿を招くための席をもうけねばならぬのだ」

「料亭は、石橋万なれば、何とかむりもききますが……」

「ばかもの。酒をのませるだけですむのなら、おれがこのように苦労をするか!!」

「おそれいり……」

「帰れ!!」

「はっ……」

大崎千馬が蒼惶《そうこう》として帰ったあと、

「人を入れるな。だれも来るな」

家のものへ、そういいつけ、宗兵衛は居間へ入った。

戸を、すべて閉めきってから、いつも肌身につけている守り袋から小さな鍵《かぎ》を取り出す。

部屋の一隅に螺鈿《らでん》づくりの飾り戸棚がある。扉をひらく、下段の中に入っている品物を取り出す。底板の隅に鍵穴がある。鍵をさしこみ、まわす。

底板を外してから、宗兵衛は一度、あたりの気配をうかがった。だれも、この部屋へは近づいていない。

小鳥のさえずりが高くなった。

朝の陽ざしが、あくまでも明るく障子いっぱいにみなぎりわたっていた。

底板の下に、もう一つ〔底〕があった。

そこに……。

小判で二百二十八両余の金が、栗色《くりいろ》のなめし皮に包まれ、皮紐《かわひも》でむすばれて在った。

これは、宗兵衛が家督をついでから、蓄《た》めこんだ金子のすべてである。公金の上前をはねたものではない。役職柄、諸方の商人たちが賄賂《わいろ》にもってきたのを、少しずつ、ためておいたのである。

（この金があれば、いざ、御家が取りつぶしになり、浪人の身になっても、先《ま》ず、どうにかやって行けよう）

と、宗兵衛は考えていた。何よりも彼がたのみにしていた唯一《ゆいいつ》の金であった。

二百両の資本があれば〔金貸し〕もやれるのである。

飾り戸棚を元のように直し、ずしりと重い小判の内から二十八両を別にとり、ふくさに包み、ふところへ入れた。これは、お栄のむすめに、

（あたえようか……）

と、おもっている。

二百両は、別のふくさに包んだ。

それを見て、大原宗兵衛は深いためいきを吐《つ》き、

「こうなるからには、ぜひにも、……」

つぶやいてみた。

ぜひにも主家の再興を成功させなければ、

（おれはどうなる）

であった。

手を打って、宗兵衛は養子の小三郎を呼んだ。

「お呼びで？」

「堀江雄吉をすぐに」

「はい」

「阿部川町の竹井玄庵殿へまいる。乗物の用意をさせよ。それから、も一度、大崎千馬にまいるよう、つたえてくれ」

「承知いたしました」

「急げ!!」

「はい」

小三郎が出て行ったあと、大原宗兵衛は、二百両の包みをひざの上へのせた。

くやし泪《なみだ》が、おもわず浮いて出た。

（馬鹿《ばか》な殿さまをもった家来ほど、ばかばかしいものはないな……）

つくづくと、そうおもったとき、宗兵衛の胃の腑がしくりと痛んだ。

（またか……）

苦虫を噛《か》みつぶしたようになり、宗兵衛が廊下へ怒鳴った。

「朝飯はまだなのか、これ!!」

いっぽん桜

山本一力

山本一力（やまもと・いちりき）
一九四八年、高知県生れ。東京都立世田谷工業高校電子科卒業後、様々な職を経て、九七年『蒼龍』でオール讀物新人賞を受賞してデビュー。二〇〇二年、『あかね空』（文藝春秋）で直木賞を受賞。著書に『大川わたり』（祥伝社）、『菜種晴れ』（中央公論新社）、『欅しぐれ』（朝日新聞社）、『だいこん』（光文社）、『銭売り賽蔵』（集英社）、『辰巳八景』『研ぎ師太吉』（新潮社）他多数。

深川門前仲町《もんぜんなかちょう》の口入屋《くちいれや》（奉公人の斡旋《あっせん》業）、井筒屋《いづつや》重右衛門《じゅうえもん》が番頭の長兵衛《ちょうべえ》を料亭に誘い出したのは、三月七日の夕暮れどきだった。

「今年の出替《でがわ》りも、とどこおりなく乗り切れた。まずはご苦労さま」

あるじが差し出した徳利を、長兵衛が両手持ちの盃《さかずき》で受けた。陽が足早に落ちていた。富岡八幡宮《とみおかはちまんぐう》わきの料亭志の田の築山《つきやま》が、あかね色と薄墨色とが交じり合ったひかりに染められていた。

長兵衛が旨《うま》そうに飲み干した。

目方は十五貫（約五十六キロ）だが上背が五尺六寸（約百七十センチ）ある長兵衛は、井筒屋お仕着せの縦縞《たてじま》がよく似合った。

今年で五十四歳の長兵衛は、髪にも眉《まゆ》にも白髪《しらが》はない。瞳《ひとみ》は大きく、手代《てだい》に指図を下すときには、目に力をみなぎらせて相手を見詰める。手代はだれもが、我知らずにぴんと背筋を張った。

ひとたび下した判断は、長兵衛は軽々には変えない。わるくいえば融通がきかないということだが、ぶれずに突き進む強さにもつながる。

この長兵衛の気性が、井筒屋の商いを大きく伸ばしたのは間違いのないところだった。

大仕事を乗り切った満足感と、酒の旨さとが重なり合ったような番頭の顔を見てから、重右衛門も盃を干した。

「仙太郎がいうには、今年の周旋は二千人の大台を超えたそうじゃないか」

盃を膳《ぜん》に戻した長兵衛が、あるじの言葉にうなずいた。

「若旦那様《わかだんなさま》がおっしゃられた通りでして。これだけの奉公人が扱えますのは、うちのほかは芳町《よしちょう》の千束屋《ちづかや》だけでございましょう」

番頭がわずかに胸を反らせた。

重右衛門が鷹揚《おうよう》にうなずき返した。

「それにしても二千人とは大したものだ。おまえさんあってのことだと、仙太郎からも口を重ねて聞かされた。とにかくご苦労さま」

重右衛門がまたもや差し出した徳利を、長兵衛は右手だけで持った盃で受けた。あるじは顔色を動かさずに注いだが、膳に徳利を戻すと軽く咳払《せきばら》いをした。

「ここ一年ほど、あたしは仙太郎の働きぶりを見てきた。どうやら商いが分かってきたように見えるが、どうだろう？」

「まことに左様でございます。帳面の見方にしましても手代への指図にしましても、じつに堂に入ったものでございます」

「おまえもそう思うか」

問われた長兵衛が何度もうなずいた。それを見定めて、重右衛門が顔つきをあらためた。

「おまえが請け合ってくれたから安心していうが、あたしは近々隠居するつもりだ」

「えっ」

「おまえには言わなかったが、前々から思案してきたことだ」

「左様でございますか……」

「こうして差し向いになったのは、あたしが隠居するにおいて、折り入っての頼みがあってのことだ」

あるじが番頭を真正面から見詰めた。

「どのようなことでございましょう」

「店を譲れば、商いの舵取《かじと》りは仙太郎が責めを負うことになる」

長兵衛があるじから目を逸《そ》らさず、忙《せわ》しなく首を上下に動かした。

「しかし若い仙太郎ひとりには荷が重いだろうことは、火を見るより明らかだ」

「左様かも知れませんです……」

あとの成り行きを先取りしたのか、長兵衛の声がいささか弾んでいる。そんな番頭を前にして、重右衛門が背筋を張った。

「仙太郎とよくよく話し合ったが、あれは若いなりに商いの先行きを見定めていた。この先の思案も幾つか聞かされた。それが聞けたことで、あたしもあれの好きなように舵取りをさせてみようと肚《はら》を決めた」

「……」

「おまえにはよく尽くしてもらったが、これからの井筒屋は若い者たちに任せたい。あたしと一緒に、おまえも身を退《ひ》いてくれ」

長兵衛が息を呑《の》んだような顔になった。泉水の鹿威《ししおど》しが、コーンと乾いた音を立てた。

一

志の田を出たふたりは、仲町の辻《つじ》まで話が弾まないままに戻ってきた。井筒屋はこの角を右手に折れた二軒目だ。

五ツ（午後八時）を過ぎており、どの商家も明りを落して雨戸を閉じている。曇り空で月明りもなく、幅広い通りの両側が闇《やみ》に溶けていた。

「あたしはこのまま帰るが、おまえは店に立寄るかね」

「志の田の提灯《ちょうちん》がございますので、てまえもこのまま帰らせていただきます」

「そうか」

暗がりで番頭を見詰めるあるじの目が、強い光を帯びていた。

「それでは明日からのことは、くれぐれもよろしく頼んだよ」

長兵衛は返事の代わりに深々とあたまを下げた。あるじが暮す奥の玄関は、店のわきを入ったところに構えられている。井筒屋の角を折れた重右衛門が暗がりに消えてから、長兵衛は深い溜《た》め息《いき》をついた。

しばらく佇《たたず》んでいた長兵衛だったが、提灯の蠟燭《ろうそく》を確かめると、辻を渡り、永代橋《えいたいばし》に向って歩き始めた。

宿に戻る道とは逆である。

通い番頭長兵衛の宿は、冬木《ふゆき》町の二階家だ。七年前、四十七歳で井筒屋頭取番頭に就いたおりに、深川黒江《くろえ》町から引っ越した。

小さな庭付きの借家は、店賃《たなちん》が月に銀二十匁《もんめ》（千六百六十文）もかかった。深川界《かい》隈《わい》の裏店《うらだな》なら、らくに三軒は借りられる高い店賃である。

しかし給金が月にならして三両二分（銀二百十匁）の長兵衛には、払えない額ではなかった。

なにより深川井筒屋といえば、大川の向うでも名の通った口入屋である。そこの頭取番頭としての体面を考えて、長兵衛は冬木町の二階家を借りた。

連れ合いと娘ひとりの長兵衛には、いささか広過ぎる借家である。女房のおせきは暮して七年過ぎたいまでも、広くて掃除が大変だとこぼしている。

「広いからと文句をいう女房がどこにいる。回りの裏店に暮す連中を見てみろ、六畳ひと間に親子四人が重なり合って暮しているぞ」

「それは分かりますけどねえ、三人暮しに二階家は広過ぎますって。あたしには、黒江町の平屋で充分でしたよ。店賃だってずっとお安かったですから」

「ばかなことをいいなさんな。あたしは井筒屋の頭取番頭だ。そんなあたしが狭い家に暮していては、お店《たな》が世間様に笑われるんだ」

口争いの都度、長兵衛は井筒屋の頭取番頭を引合いに出して女房を黙らせた。口答えしつつも、おせきも亭主が井筒屋勤めであることを陰では自慢している。

冬木町に越したのは桜の盛りどきだった。

長兵衛は平野町の植木屋に、桜を一本植えて欲しいと頼んだ。新居の庭には充分な広さがあったからだ。

桜を注文したほんとうのわけは、長兵衛はだれにも、家族にも話していない。照れくさくて、とても言える話ではなかった。

冬木町に越したとき、ひとり娘のおまきは十四歳だった。縁づいて嫁ぐ歳《とし》にはまだ先があったが、長兵衛にはさほどに長い先のこととは思えなかった。

仕事ひと筋で、娘に構ってやれずにきた。

人前だけではなく、家族しかいない場でも、娘にはことさら厳しいことしか言ってこなかった。が、内心では正月を迎えるたびに器量が増してゆくおまきが、可愛《かわい》くて仕方がなかった。せめて嫁ぐまでの数年、娘と存分に花見がしてみたかった。娘と妻の手料理で、人目を気にしない花見がしたいと、ひそかな願いを抱えた。

しかし仕事を休むことはできない。

花見ができるのは、日の出過ぎから、勤めに出るまでの一刻《ひととき》（二時間）ほどだ。そんな都合のいい花見は、自宅の庭でしかできないと思った。

冬木町の新居は、それを楽しむのに障《さわ》りはなさそうだった。日当たりのよい庭なら、桜も見事な花を咲かせてくれるに違いない。

満開の桜の下で娘に酌をしてもらう姿を思い描き、ひとりで悦にいった。

「すぐに花を咲かせる桜が欲しいんだが」

言われた植木屋は鼻先で笑った。

長兵衛は井筒屋の半纏《はんてん》を見せた。植木屋は真顔になって長兵衛の誂《あつら》えを聞き始めた。

ひと月が過ぎたころ、植木屋が井筒屋に顔を出した。小僧に茶をいいつけてから、長兵衛は商い向きの客間に招じ入れた。

「いわくつきの、いっぽん桜なら手にへえりそうですが」

「なんだね、それは」

「大島《おおじま》村の農家が、日本橋の大店に地所を売り渡したらしいんでさ。そこにいっぽんだけ植わってた五十年物の桜なんでやすが、買主は桜がでえきれえだてえんでね。地主は木をでえじにしてくれるなら、二両で譲るから引き取ってくれてえんでさ」

わるい話ではなかった。

五十年物の桜なら、さぞかし枝ぶりも立派だろう。二両でいいというのも、頭取番頭とはいえ、実入りの限られている長兵衛にはありがたかった。

が、この話にはいわくがついていた。

「毎年、かならず咲くとは限らねえてえんでさ。それを承知で引き取れてえんですが、かりである。

「どうしやしょう」

植木屋の口調は、二両の安値につられて買うのは、さもばかな買い物だといわんばかりである。

長兵衛は迷わなかった。とにかく桜が欲しかったのだ。

十四歳になったおまきは、こどもから娘へと変わりつつあった。廊下の拭《ふ》き掃除で丸い尻《しり》を突き出したり、箱膳《はこぜん》を膝元《ひざもと》に出したあとでしなだれかかったりと、女の片鱗《へんりん》を見せて父親をうろたえさせた。

そんなときの長兵衛は、ことさら厳しい声音でおまきをたしなめた。そのかたわらで娘がいとおしくてたまらず、なにかおまきが喜ぶことをしてやりたいとの思いを、強く抱えていた。

庭に桜を植えれば、おまきが喜ぶのは分かりきっていた。それほどに娘は、こども時分から桜の花が好きだった。

常に井筒屋の舵取《かじと》りを思案している長兵衛は、家にいても家人とよもやま話をすることは、まれである。桜が植われば、おのれの振舞いは変わらずとも、連れ合いや娘との溝は埋まると考えた。

長兵衛の思惑はうまく運んだ。

「さくらの花がうちの庭で見られるなんて、夢みたい……」

五十年物の桜が植えられると知って、おまきは狭い庭を駆け回った。娘があまりに喜んだので、長兵衛は桜の咲き方にむらがあることを言いそびれた。

「花が咲かねえからって、文句はいいっこなしですぜ」

桜は五月に植えられた。

一年目はまったくつぼみをつけなかったが、おまきは桜の木が植わっているだけで満足していた。

「植え替えた翌年は、こんなこともある」

二年目、三年目も咲かなかった。

「葉桜がきれいだから」

おまきはすでに十七になっていた。

四年目は、それまでの帳尻を合わせるかのように見事に咲いた。庭に花びらの山ができたほどの咲きぶりだった。

ところがおまきは、つぼみのころにひいた風邪が長引いてしまい、花が散るまで微熱が下がらなかった。桜は咲いても朝は冷え込む。長兵衛はこの年も願いが果たせなかった。

おととしは咲かず、去年は見事に咲きそろった。六年越しの願いがかない、長兵衛は妻と娘に酒肴《しゅこう》の支度を言いつけた。

晴れた朝、日が昇り始めたなかで、三人は桜の下に集まった。が、前夜の花冷えで、地べたがすっかり凍えていた。

「花は見たいけど、寒くて我慢できない」

折悪《おりあ》しく、おまきは月のもののさなかだった。さっさとなかに戻る娘に、長兵衛は目を険しくした。女房から娘の身体《からだ》のわけを聞かされても、憮然《ぶぜん》とした顔は元に戻らなかった。

そして今年は。

どうやら咲かずじまいになりそうだった。

おまきは師走《しわす》の祝言《しゅうげん》が決まっていた。

相手は高橋《たかばし》の搗《つ》き米屋《ごめや》の次男坊である。仲人は娘の父親が井筒屋の頭取番頭だと売り込んで、首尾よく話をまとめた。

その井筒屋のあるじから、なんの前触れもなく身を退《ひ》けと言い渡された。あと一刻で町木戸が閉じるが、長兵衛は冬木町に帰る気にはなれなかった。

辻から永代橋まで重い足取りで歩いたあと、橋のたもとを右に折れた。提灯の先に蔵の連なりが浮かび上がった。

佐賀町河岸のとば口である。

長兵衛は蔵の手前を左に入り、大川に出た。提灯をかざすと桟橋が目の前に見えた。霊巌島《れいがんじま》への渡し舟が、桟橋の杭《くい》に舫《もや》われ放しになっている。凪はないが大潮が近くて流れが速い。船端にぶつかった川水が、絶え間のない音を立てていた。

桟橋にしゃがみ込んだ長兵衛は、腰に提げた煙草《たばこ》入れを取り外した。キセルを包む袋は鹿皮《しかがわ》をなめした逸品である。キセルの火皿も銀細工の凝った拵《こしら》えだ。いずれも頭取に就いたおりに、重右衛門が祝儀にくれた品である。

煙草を詰めると提灯で火をつけた。強く吸ったことで、闇の中で火皿が真っ赤になった。吐き出した煙が流れない。定まらない目をした長兵衛の前を、白い煙が漂っていた。

口入屋の老舗《しにせ》井筒屋は、いまの当主重右衛門が七代目である。扱う奉公人の数は、一年でおよそ二千人。日本橋芳町の千束屋と肩を並べる大店だ。井筒屋は奉公先を求める者に成り代わり、給金と休みを掛合う。周旋するのは下男や下女などの下働きが主で、一年年季の奉公人がほとんどである。

口入屋は得意先と一年の約定でひとを出した。毎年三月五日が新しい約定の始まりで、この日を出替りと呼ぶ。井筒屋重右衛門が隠居話を切り出したのも、出替りを無事に乗り越えたからだった。

井筒屋は得意先から周旋手数料をもらうとともに、奉公人に支払う給金から二割の口銭《こうせん》を取った。このふたつが儲《もう》けである。口銭を取る代りに、奉公先が潰《つぶ》れたりすると、給金を井筒屋が肩代わりした。これで奉公人は安心して勤められた。

奉公人の身許《みもと》は、口入屋が請負うのが定めだ。人柄と身寄りを見定める目利《めき》きは、商いの命綱である。また口入屋の手代は、周旋した者への目配りと同時に、得意先の内情にも通じていなければならない。うっかり見逃すと、ときに大きな焦付《こげつ》きを生じたりするからだ。

奉公人の給金は、ひとりにならすと六両、周旋手数料がひとり二分の見当だ。二千人の扱いだと、口銭が二千四百両で周旋手数料が千両。合わせて三千四百両が井筒屋一年の実入りである。

得意先回りの手代が二十五人、手代ひとりで八十人の世話をする勘定だ。手代は得意先を順に回り、不満がないかを聞き取る。それとともに奉公人とも会って、連中の言い分も聞いて回るのだ。

足を使う骨の折れる仕事だが、井筒屋のお仕着せと半纏を着ていると、世間の見る目が違った。手代の給金も他に比べればおよそ五割は高い。みずから辞める手代は皆無だった。

井筒屋は足軽や中間《ちゅうげん》、六尺《ろくしゃく》（力仕事の雑役夫）などの武家奉公人も扱った。井筒屋を通せば、武家の生まれでなくても武家奉公人になれると評判を呼び、多くの者が勤めを求めて寄ってきた。

武家との商いは町場相手の勘定とは別口である。さほど大きな儲けではないが、武家との商いを持っていれば商家が井筒屋を信用した。

この武家との商いを切り開き、育てたのが長兵衛である。それを認められて二十年前、三十四歳で手代総代に取り立てられ、五年後には三番番頭へと昇ることができた。

七年前、現当主重右衛門が長兵衛を頭取番頭に就けた。当時の頭取が病死したのもわけのひとつだが、得意先の内証を見抜く眼力が秀《ひい》でていたことが大きかった。

「信濃屋《しなのや》さんからのご注文には、今後一切応じなくていい」

八年前の正月、二番番頭になっていた長兵衛は、信濃屋掛りの手代にきっぱりと言い渡した。信濃屋は向島《むこうじま》の老舗料亭で、下男が六人、女中に八人を出している大得意先だった。

「どうしてですか。去年暮れの払いになんの間違いもありませんでしたし、奉公人たちも格別の不満は言っておりませんが」

手代の順吉が口を尖《とが》らせた。

「いいからあたしの言う通りにしなさい」

長兵衛は取り合わなかった。正月早々、長兵衛は酒屋の噂《うわさ》を耳にしていたからだ。

商いの派手な料亭は、おもてから見ただけでは内証は分からない。

しかし酒屋は別である。

信濃屋に納める酒屋は、本所吾妻橋《ほんじょあづまばし》の枡屋《ますや》だった。長兵衛は枡屋番頭と碁敵の仲だ。

「去年の秋口から、信濃屋さんへの納めが半分にまで細くなってねえ……」

白石を手にした番頭がぼそりと漏らした。あるじにそれを伝えた長兵衛は、許しをもらって信濃屋を探らせた。案の定、商いが大きく減っていた。

長兵衛はその年の出替りで、すべての奉公人を引き上げた。得意先は激怒したが重右衛門が長兵衛を支えた。

「おまえたちは毎日奉公していながら、どうして順吉に店の内証を話さなかったのかね」

手代と奉公人を集めた場で、みなにきつい叱責《しっせき》を加えた。

「分かってはいましたが、ご奉公先のことをわるく言うのは憚《はばか》られましたから」

この出来事をきっかけにして、長兵衛は手代全員を厳しく戒めた。重右衛門が長兵衛を頭取番頭に取り立てた所以《ゆえん》である。

長兵衛が頭取に就いた日から今日まで、井筒屋はほとんど焦付きを生じてこなかった。口入屋の仲間内でも、長兵衛の舵取りは多くのひとが誉《ほ》めた。

評判が高まるに連れて、長兵衛は目下の者の声を聞かなくなった。陰で不満をいうものがいることを長兵衛も知っている。しかし舵取りに間違いはおかしていない。身代も大きくなり、ついには二千人の大台を超えた。

これが長兵衛の矜持《きょうじ》であった。

ところが身を退けと言い渡された……。

川端に立った長兵衛は、あるじにもらったキセルの煙草を吹き飛ばした。川面《かわも》に落ちると、ジュジュッと音を立てて煙草の火が消えた。井筒屋との縁切りを示すような音だった。

二

三月八日、朝五ツ（午前八時）。井筒屋の大広間に手代全員が集められた。いつもの年であれば出替りを終えたいまは、花見の趣向で盛りあがっている時季だ。

ところが今年は六日、七日の二日とも店には浮かれた気配がまるでなかった。

「なにか大きな騒動が起きそうだよ」

陰で噂《うわさ》を交していたところに、あるじの言い付けで広間に集められた。手代はだれもが顔を引き締めて座っていた。

五ツの鐘が鳴り終ったところで重右衛門が現れた。あとに長兵衛が従っているのはいつも通りだが、仙太郎と三番番頭の清四郎《きよしろう》もこの朝は一緒だった。

「みなさん、おはよう」

あるじのあいさつに、座の全員が口をそろえて返事をした。重右衛門は一座を見ましたあと、長兵衛を右わきに招き寄せた。

「来る三月十五日をもって、あたしと頭取は隠居をすることに決めました」

前置きもなく重右衛門が言い渡すと、広間に低い呻《うめ》き声が生じた。あるじは鎮《しず》まるのを待ってから言葉をつなぎ始めた。

「今年の出替りでは武家奉公人の八十六人を加えて、二千人の大台を超えることができた。これだけの周旋が続けられれば、千束屋を追い越すのも遠いことではない。これが果せたのも、頭取の舵取《かじと》りが見事だったからだ。あらためて、頭取の働きに礼を言います」

重右衛門がわきを向いて、長兵衛に軽くあたまを下げた。仙太郎を含む残りのみなが、両手をついて辞儀をした。

長兵衛は固い顔のままで礼を受けた。重右衛門も表情を変えず一座の者に向き直った。

「みなも知っての通り、おととし御老中の田沼様は印旛沼《いんばぬま》の開拓をお決めになられた。以来、さほどの動きはなかったが、確かな筋の話では、どうやら今年七月から御上《おかみ》も本気で取り組まれるそうだ」

昨夜重右衛門が口にした、仙太郎の思案とはこのことだった。

宝永七年（七十一年前）に、幕府は人宿《ひとやど》の組合である番組人宿を十三組三百九十軒作らせた。これにより公儀は、たちのわるい奉公人や人宿の取締りを強めた。

いまの組合連頭取は千束屋当主だが、仙太郎も連の肝煎《きもいり》役につらなっている。印旛沼の話は、組合連頭取が肝煎六人だけに耳打ちしていた。

「印旛沼の工事には途方もないカネがかかるため、これまで二度も途中で取り止《や》めになっている。しかしこのたびの田沼様は、江戸と上方大坂の大尽《だいじん》連中に働きかけて、費えを出させるそうだ。商人が算盤《そろばん》ずくでカネを出すなら、巧《うま》く運ぶに違いない」

思いも寄らない話が次々に出て、広間は静まり返っていた。長兵衛は昨夜になって、初めて志の田で聞かされていた。

「印旛沼の仕事は少なくても十年は続くだろう。それに加えて去年九月に起きた吉原の大火事普請《ぶしん》も、まだ終ってはいない。このさき、人手は幾らあっても足りなくなるのは目に見えている」

重右衛門が言葉を区切ると、仙太郎があるじの左に進み出てきた。

「うちは間違いなく忙しくなる。なににも増して手当てが要るのは、人集めだ。いまでもうちの土間には、奉公先を求めてひとが群れているが、これぐらいでは到底足りない」

重右衛門が一同に向って目を剝《む》いた。手代たちの背筋がぴんと伸びた。

「これからは相模《さがみ》や信濃《しなの》にこちらから出向き、千束屋などに先駆けて椋鳥《むくどり》（出稼ぎ人）を捉《つか》まえることが肝要だ。そのためには、腕力が強くて足腰の達者な者が要る。いままでにはない、新しい知恵もいるだろう」

重右衛門が仙太郎の肩に手を置いた。

「あたしと頭取とが身を退《ひ》いて、あとを八代目に譲るのはこれゆえだ。頭取番頭には清四郎に就いてもらう」

仙太郎が八代目当主で頭取が清四郎だと聞かされて、座敷がふたたびざわめいた。

八代目は四十一、清四郎はこの正月で不惑を迎えたばかりである。

重右衛門の咳払《せきばら》いでやっと座が静かになった。

「いまも言った通り、これからの井筒屋に要るのは、なによりも若さだ。それがしっかり得心できたからこそ、頭取もいさぎよく役目を譲られたのだ。これからさきの井筒屋を若いみなが守《も》り立てることが、頭取へのなによりの恩返しだと心得なさい」

重右衛門は何度も長兵衛の手柄を引合いに出し、頭取の働きを称《たた》えた。が、長兵衛はひとことも口を開かぬままの場で終った。

三

三月十日から帳場の様子が大きく変わった。

頭取番頭が座るのは、帳面が何冊も広げておける樫《かし》一枚板の机の前である。長さ六尺幅三尺で、厚味三寸の堂々とした拵《こしら》えだ。

深川万年町二丁目の指物《さしもの》名工禿座衛門《とくざえもん》が、およそ百年前に作った机は、高さ一尺の桜の脚が分厚い樫板を支えている。この机に向い、同じ禿座衛門作の座椅子《ざいす》によりかかれるのは頭取のみである。井筒屋当主といえども、座椅子と机を使うことはできない仕来《しきた》りだった。

その座椅子にいまは清四郎が座っていた。しかも頭取しか使えない机なのに、仙太郎も並んで帳面を見ている。いつ誂《あつら》えたのか、仙太郎には座椅子まで調えられていた。机が穢《けが》されている……。

うしろに控えた長兵衛は、重たい心持でふたりの振舞を見ていた。

長兵衛が丁稚《でっち》小僧で井筒屋に入ったのは元文《げんぶん》四（一七三九）年、十二歳の春だ。以来、ひたすら奉公に励んだ。

「明日からはこれを着て、より一層商いに精を出しなさい」

延享《えんきょう》四（一七四七）年一月藪《やぶ》入りの朝。二十歳になっていた長兵衛は、すでに七代目重右衛門を襲名していたいまのあるじから、真新しいお仕着せと半纏《はんてん》をもらった。

こげ茶色の絹生地に細い格子《こうし》縞《じま》が染め抜かれた背中には、黄色の井筒紋が描かれている。お仕着せと一緒に手代には鼠色《ねずみいろ》、番頭には柿茶色《かきちゃいろ》の献上帯が与えられた。遠目にも目立つお仕着せを着ていると、深川では飲み屋でも飯屋でも幅が利《き》いた。

長兵衛は十年後の宝暦《ほうりゃく》七（一七五七）年に通い手代を許され、三十二の年に深川平野町豆腐屋の娘おせきと祝言《しゅうげん》を挙げた。

三十四で手代総代、三十九で三番番頭へと昇り、安永元（一七七二）年三月、四十五で二番番頭に取り立てられた。

長兵衛は手代となった二十歳の年から二十七年の間、毎日のように頭取の机を見てきた。

いつかあの机にあたしが向う……。

四十七で想《おも》いがかなった。

座椅子に座ってみて、長兵衛は二番番頭と頭取との格の違いを肌身に覚えた。

机の大きさは見栄《みえ》ではなかった。商いのすべての動きが、毎朝机に載っている。なにごとも長兵衛の決裁抜きには動かなかった。

あるじには日々の動きを伝えるだけで、商いのすべては頭取が仕切る。帳面に目を通し、番頭があげてくる約定書に井筒屋の印形《いんぎょう》を押す。勘定帳を受け持つ三番番頭は、五日ごとに日本橋本両替《ほんりょうがえ》とのカネの動きを差し出した。

長兵衛が頭取に就いた当時、周旋する奉公人の数は、武家と町場を合わせて千人をわずかに上回るほどのものだった。

長兵衛は毎月の旬日、手代を集めて商いの方向を指し示した。頭取に就いてからこの日まで、長兵衛が店を休んだのは毎年の元旦《がんたん》だけである。藪入りも店に出た。

病で寝込むことのないように、食べる物にはことのほか気遣ってきた。深酒も慎んだ。ただひとつ、好きなように吸う煙草《たばこ》だけが、おのれに許した贅沢《ぜいたく》であった。傍目《はため》には窮屈そうに見えたかも知れないが、長兵衛はいささかも苦に感じなかった。おのれを厳しく律することができたわけは、樫の机である。机に向い、座椅子に寄りかかると力が身体《からだ》の内に漲《みなぎ》った。机は毎朝自分の手で、それも絹布《けんぷ》で磨いた。勘定帳が樫板に映るまで磨き上げてからが仕事始めである。それを七年の間、元旦のほかは毎朝繰り返してきた。

わずか七年で机を追われようなどとは、思ってもみなかった。

この正月で五十四になったが、頭取番頭として老いているわけではない。千束屋の頭取はすでに六十に手が届く歳《とし》だが、寄合では達者に場を仕切っている。

頭取としての落ち度を咎《とが》められての仕置であれば、長兵衛にも得心がいった。しかし商いはうまく運んでおり、今年の出替りでは二千人の大台を超えるまでに大きくしたのだ。

なぜあたしまでもが……。

あるじも隠居するからと言われても、道連れで身を退《ひ》かされるのは納得できなかった。

しかし井筒屋の歯車は、すでに長兵衛を外して回り始めていた。三月十五日までの長兵衛の役目は、年若い清四郎の後見役である。机からは追われて、だ。

朝の寄合のあと、長兵衛はあるじの居室に招き入れられた。普段から笑うことの少ない重右衛門だが、このときはことさら厳しい顔つきだった。

「いまから話す後見役の心得を、しっかりとわきまえておいてくれ」

なぜか口調も厳しい。長兵衛は返事の代わりにあるじを見詰めた。

「ふたりから問われない限り、口を挟むのは無用にしてもらいたい」

「商い向きのことに、でございますか」

「ふたりがやろうとすることすべてにだ。おまえの目には頼りなく映るかも知れないが、仙太郎も清四郎も命懸けだ」

「お言葉に逆らうようですが、清四郎にすぐさま舵取《かじと》りができましょうか」

「おまえがわきから口を挟みさえしなければ、早晩できるようになる」

重右衛門はにべもなかった。

極《き》めつけるようなあるじの言葉に、長兵衛は返事をしなかった。言い方が強過ぎたと思ったのか、重右衛門はわずかに表情を和らげると、違い棚から手文庫を取り出した。

「おまえは骨身を惜しまずに尽くしてくれた。これで充分とは思わないが、このさきの費えに充《あ》ててくれ」

本両替大坂屋が封印した二十五両包みが四個、長兵衛の膝元《ひざもと》に置かれた。

「暮れには娘さんの祝言も控えているだろう。これはあたしからの祝儀だ、あわせて納めてもらいたい」

半紙に包んだカネが差し出された。

祝い金が幾ら包まれているのか、見た目には分からなかった。しかし隠居金としての百両は大金である。倹《つま》しく遣うなら、らくに十年は暮せるカネだ。しかしカネを見た
井筒屋が長兵衛の働きを汲《く》み取った証《あかし》ともいえる百両だ。しかしカネを見た長兵衛長兵衛は、さらに気持ちがざらついた。

なにもいま出すことはないだろうに。

十五日までは後見役を務めてくれといいながら、いま隠居金を出すのは、すぐにも身を退けといっているように感じられた。

この場での暇乞《いとまご》いが、喉元《のどもと》まで出かかった。が、長兵衛は口に出すのを思いとどまった。出し抜けに辞めたりしては、世間は長兵衛が暇を出されたと勘違いしかねない。

残る五日の間に先行きの算段をしよう。

隠居金と祝い金を納めた長兵衛は、深々と辞儀をしてから帳場へと向かった。

「相州の人集めには、佐吉を差し向けようと思いますが……」

「あれの在所は藤沢遊行寺《ゆぎようじ》だったな」

「左様でございます」

仙太郎と清四郎が交す話を、長兵衛は焦《じ》れながら聞いていた。

なんだ清四郎、その物言いは。

人遣いのことを、一々あるじに相談するんじゃない。

頭取なら、もっときっぱりと言い切れ。

胸の内で歯嚙《はが》みしながらも、懸命に口を挟まぬように踏ん張った。その片方で、こんなことがあと五日も続くかと思うと、胃の腑《ふ》から苦いものが込み上げてきそうだった。

四

三月十五日の朝も長兵衛は、いつも通り六ツ（午前六時）の鐘を聞きながら口を漱《すす》いだ。この日限りで、十二歳の春から続けてきた井筒屋奉公が終る。

仕事ひとすじで、とりわけ頭取に就いてからの七年は勤めが生き甲斐《がい》だった長兵衛には、文字通り首を斬《き》られる日の朝だった。

しかし陽はいつものように昇った。

庭のいっぽん桜も昨日と変わっていない。

あたしが首を刎《は》ねられても、いきなり嵐《あらし》が来るわけでもなし、か。

心持を汲《く》み取ってもくれない穏やかな朝に、長兵衛は胸の内で愚痴をこぼした。

居間に戻るとお仕着せに袖《そで》を通した。昨晩おせきに言いつけて鏝《こて》をあてさせた帯を、キュッキュッと音を立てて締めた。

足元には真新しい足袋がある。これは長兵衛が自分で箪笥《たんす》から取り出した。帯に鏝をあてたうえに足袋までおろすと、おせきに余計な勘繰りをされそうに思えたからだ。

女房と娘には、十五日をしっかり勤め終えた夜に話すと長兵衛は決めていた。

身支度を終えてから膳《ぜん》につくのも、いつも通りである。違っていたのは、娘のおまきの箱膳も出ていたことだ。

「おはようございます」

長兵衛を見たおまきの声が明るい。

「なんだおまえ、こんな早くに」

「五ツ（午前八時）過ぎに、彦太郎さんが八幡《はちまん》様までくるの」

彦太郎とは、おまきの許婚《いいなずけ》である。暮れの祝言《しゅうげん》を決めて以来、ふたりは高橋か富岡のどちらかで逢瀬《おうせ》を楽しんでいた。

「朝の五ツにかね」

「佐賀町の蔵に出向いた帰り道に立ち寄るんですって」

「そんなことをいつ話し合ったんだ」

「このまま高橋で会ったときだけど……」

父親の機嫌がわるくて、おまきの語尾が小声になった。

「おまちどおさま」

味噌汁《みそしる》の鍋《なべ》を手にしたおせきが、重たい気配を吹き飛ばした。膳には糠漬《ぬかづけ》に焼き海苔《のり》が載っている。おまきが飯櫃《めしびつ》のふたを除《の》けると、炊《た》き立て飯の香りが漂い出た。

三人が朝の膳に揃《そろ》うのは余りないことだ。この日の先行きを思って憮然《ぶぜん》としていた長兵衛だが、娘に飯をよそわれると顔つきを幾らか和らげた。

「おい……」

味噌汁を口にした長兵衛がおせきを見た。

「どうしたというんだ」

「なにがどうしたんですか」

「卵が入ってる」

「それがなにか?」

「朝から豪勢じゃないか」

「そんな……あなたの稼ぎですから、卵ぐらい、お好きならこれから毎朝入れますよ」

おせきが軽く言った言葉で、長兵衛は箸《はし》を止めそうになった。が、すぐに気を取り直してそのまま食べ続けて朝餉《あさげ》を終えた。

冬木町を出て井筒屋までの道々、長兵衛は気の重さを引きずった。

明日からどうする。

それより、今夜は女房と娘にどう切り出せばいいんだ。

途中の富岡八幡宮で賽銭《さいせん》を投げ入れたときも、おせきが口にした「あなたの稼ぎ云々《うんぬん》」が、あたまのなかを走り回っていた。

それでも仲町の辻《つじ》が見え始めると、長兵衛は背筋を張って歩みを確かなものに戻した。

だれが見ているか分からないのだ。井筒屋のお仕着せを着て、柿茶《かきちゃ》の帯を締めている限りは見栄《みえ》がある。奉公人にも、勤め仕舞いの日に妙な姿を見られたくなかった。

辻を右手に折れると、井筒屋の前に奉公人が群がっていた。なにごとかと案じて、足が速くなった。

長兵衛を目にすると、奉公人が素早く列をなした。先頭は仙太郎で、番頭に手代、小僧まで、ひとりも欠けずに並んでいる。

「頭取、おはようございます」

仙太郎のあいさつにみなの声が続き、膝《ひざ》にあたまが付くほどの辞儀をした。

「おはようございます」

長兵衛もあいさつを返した。身を退《ひ》く頭取番頭への礼儀を、長兵衛は身体《からだ》で受け止めた。

嬉《うれ》しくもあり、また哀《かな》しくもあるあいさつだった。


仕舞いの日が八ツ（午後二時）を過ぎたところで、長兵衛は奥に呼ばれた。あるじの居室に入ると、重右衛門は羽織を着ていた。

「おまえが勤めてくれた四十二年は、およそひとの寿命に肩を並べる長さだ。ほんとうにご苦労さまでした」

重右衛門があたまを下げた。長兵衛はひといきおいて、あるじの仕種《しぐさ》を止めた。

あたまを戻したあとは、重右衛門は口を開かなかった。長兵衛もその方がありがたかった。いまはどんなねぎらいの言葉も、素直には受け止められないのだ。聞かされれば聞かされるほどに、こころの奥が白けてしまう。

重右衛門もそれをわきまえているのか、互いに黙したままでときが流れた。座敷には、ふたりが茶をすする音だけが立っていた。

ゆっくりと茶を飲み干したところで、重右衛門が居住まいを正した。長兵衛も湯呑《ゆの》みを膝元に戻した。

「これは仙太郎の言い出したことだが……」

重右衛門が真正面に長兵衛を捉《とら》えて口を開いた。物事に区切りをつけるときのくせである。長い付合いで知り抜いている長兵衛が、膝に置いた手に力を込めた。

「今夜の六ツ半（午後七時）から、おまえを送り出す内輪だけの宴《うたげ》を催したいそうだ。もとよりわたしに異存があるはずもない。ぜひにも受けてもらいたい」

長い井筒屋奉公のなかで、辞めた番頭は幾人もいた。しかしねぎらいの宴など、長兵衛には覚えがなかった。

「どうだろう長兵衛、仙太郎たちの心持ちを汲んでやってくれないか」

「お心遣いにお礼の言葉もございません」

長兵衛は深々とあたまを下げた。

「聞き入れてもらえてなによりだ」

重右衛門が手を打った。すかさず奥付きの女中が顔を出した。

「茶をあれに差し替えてくれ」

言い付けられた女中はほとんど間を置かず、宇治にいれ直してきた。茶の贅沢《ぜいたく》は、重右衛門の道楽のひとつである。新茶はまだだが、日本橋山本からは十日ごとに密封された宇治が届けられてくる。居室でこれを出すのは、重右衛門最上のもてなしだった。

「じつはもうひとつ頼みがある」

茶をひと口だけすすって、重右衛門が湯呑みを置いた。

「今夜の宴には、おまえの連れ合いと娘さんにも、ぜひ同席してもらいたいんだが」

「それはまた途方もないことを……」

「いまさらおまえに追従《ついしょう》をいうつもりはないが、おまえの働き抜きでは井筒屋はここまでこられなかった」

「……」

「それを支えてくれたおまえの連れ合いは、まぎれもなくうちの恩人だ。仙太郎も、おせきさんにはしっかりと礼を伝えたいそうだ」

女房と娘にまだなにも話していない長兵衛は、返事をためらって目を逸《そ》らした。その所作で重右衛門は見抜いたようだった。

「仙太郎はあれなりに、おせきさんと娘さんにも礼を尽すはずだ。出てもらうことで、おまえもきちんと区切りがつけられるだろう」

今日を限りに辞めるとはいえ、まだ長兵衛は井筒屋の奉公人である。あるじの頼みには逆らえない。

重右衛門の物言いは、頼むと言いつつも、指図のほかのなにものでもなかった。

五

七ツ（午後四時）に長兵衛は井筒屋を出た。冬木町の宿に戻り、女房と娘を連れて夜の宴に出直すためにである。

酒席の支度で、手代たちはこの日の外回りを七ツ半（午後五時）には切り上げると聞かされた。小僧たちは長兵衛が店を出た七ツには、広間の片付けと台所の手伝いを始めていた。

抜かりのない段取りで宴を催そうとして、井筒屋が忙しく動いている。奉公人のだれもが、精一杯の気遣いでこの夜に備えていることは、長兵衛にも伝わっていた。

ありがたいと思いつつも、奉公人たちがよってたかって首斬《くびき》りに手を貸している……この拗《す》ねた思いが長兵衛から消えなかった。

まだ明るいうちに、冬木町に戻るのは初めてである。長兵衛は通りで行き交うひとの目が気になった。見知らぬだれもが「あいつは暇を出された男だ」と、陰口をきいているように思えたのだ。

益体《やくたい》もないことを……。

おのれに舌打ちした長兵衛のあたまに、幾ひらもの花びらが舞い落ちた。

井筒屋の勤めが今日限りだと決まって以来、女房と娘に話すのを一日延ばしにしてきた。そして今日、ついにその当日を迎えた。

もう隠してはおけないが、聞かせるのは夜だと決めていた。行灯《あんどん》の薄明りのなかでなら、思い切って話せる気がしたからだ。

ところが家族も酒宴に連れて出るには、明るいなかで話さざるを得ない。井筒屋の心遣いは、ありがた迷惑の極みだった。思案顔で冬木町に戻る長兵衛だったが、八幡宮の境内に入ったころには肚《はら》が決まっていた。

本殿前であたまを下げたあと、宿へ向う歩みを速めた。玄関の格子戸《こうしど》を開ける手にも、いつも通りの力がこもっていた。

「ただいま帰ったよ」

長兵衛の声を耳にして、たすき掛けのおせきが二階から降りてきた。

「ずいぶんお早いけど、どうしたんですか」

「……」

答えないで土間に突っ立っていると、二階から娘の笑い声がこぼれてきた。男の声もする。長兵衛の目が険しくなった。

「おまきの部屋の片付けを、彦太郎さんが手伝ってくれているんです」

「なんだ、片付けとは……あいつはもう嫁に出る気でいるのか」

「そうじゃありませんよ。とにかく上がってくださいな」

おせきはそれ以上は取り合わず、二階に駆け上がった。

あたしが留守の間に、まだ祝言《しゅうげん》もあげていない男を家に上げているのか……。

朝からの嫌な心持に駄目押しをされた気になった長兵衛は、憮然《ぶぜん》として居間に入った。さほど間を措《お》かず、三人が居間に顔を出した。

「あたしはこれで失礼させていただきます」

彦太郎の軽いあいさつに、長兵衛は返事もしなかった。玄関先で送り出した女房と娘が居間に戻ってきたとき、長兵衛は立て続けに煙草《たばこ》を吹かしていた。

「なんだ、あの男の振舞いは」

「おとうさん、長いお勤めご苦労様でした」

長兵衛が言いかけた文句に、娘の言葉が覆《おお》いかぶさった。おせきとおまきが、畳に両手をついている。キセルを手にした長兵衛がうろたえた。

「こう早くお帰りとは思わなかったものですから、支度がまだ途中ですけど……ほんとうに長い間、ご苦労様でした」

顔を上げたおせきに笑いかけられて、長兵衛がキセルを煙草盆のわきに置いた。

「おまえたちは知っていたのか」

女房と娘が笑顔でうなずいた。

「そうか……」

大きな息を吐き出した長兵衛は、膝元《ひざもと》のキセルに目を落とした。

「宇佐美屋さんが教えてくれたんですよ」

宇佐美屋とは、このたびの縁談を仲立した佐賀町の車屋である。

「宇佐美屋さんは、大層あなたのことを誉《ほ》めてましたよ」

「誉めるって、なにを誉めるんだ」

「井筒屋の若旦那《わかだんな》さんがやりやすいように、あなたがいさぎよく身を退《ひ》いたって……真似《まね》のできないことだと、何度も何度も言ってました」

「いつそれを聞いたんだ」

「三、四日前だったと思いますけど」

おせきとおまきが互いにうなずきあった。

「彦太郎さんに手伝ってもらったのは、おとうさんの部屋を作るためだったのよ」

おまきはまだ笑顔のままだった。

「これからおとうさんは家にいることが多くなるでしょう……だから日当たりのいいあたしの部屋をおとうさんにって、おかあさんと決めたの」

おまきの部屋からは、庭のいっぽん桜がよく見える。

「女手だけではとっても無理だから、彦太郎さんに手伝ってもらったのよ。とりあえず片付いたから、おとうさん、見る？」

長兵衛は返事をせずにキセルを手にした。女房と娘が父親を見詰めていた。

井筒屋大広間の上座に金屏風《きんびょうぶ》が立てられており、その前に長兵衛一家三人が座っている。ねぎらいの宴は、長兵衛の正面ににじり出た仙太郎の口上で始まった。

重右衛門はすでに末席に退いていた。宴が始まると、清四郎を筆頭にして番頭や手代たちが代る代る徳利を手にして寄ってきた。場慣れしていない酌を終えると、おせきとおまきにも両手をついてあたまを下げた。いふたりの返礼はぎこちなかったが、長兵衛は口を挟まず流れにまかせていた。

上座三人には五ノ膳《ぜん》まで調えられている。長兵衛の膳に載った鯛《たい》の塩焼きは、皿から食《は》み出して身を反らせていた。

井筒屋はこの宴のために、仲町の江戸屋から料理番を入れていた。座敷の方々には百目蠟燭《ひゃくめろうそく》が灯《とも》された燭台《しょくだい》が立てられている。料理人が盛り付けた煮物や酢の物、御作りなどが百目の明りに映えていた。

「あなたのために、お店《たな》も大した趣向を調えてくれましたねえ」

座を見回したおせきが、感に堪えないという口調で長兵衛に話しかけた。亭主を見るおせきの目の奥が、晴れがましさに輝いていた。

口には出さなかったが、長兵衛も宴席の豪勢さには深く打たれていた。

身を退けといわれてから今日まで、腹の底から喜んだり、ものに感じ入ったりすることがないままできた。気持ちにゆとりがなかったからだ。重右衛門に言葉を尽くして誉められても、それは長兵衛の引退を揉《も》めずに運びたいがゆえの方便だと、素直には聞けなかった。

この夜の宴についても同様の思いを抱いていた。

井筒屋ぐるみで催す、見え透いた追従《ついしょう》の座に、なぜ妻と娘を同席させねばならないのだと、思うところを隠し持って宴に臨んだ。

今夜の井筒屋は、商い向きの用をすべて取りやめて、ただ長兵衛ひとりのためだけに動いているようだ。そのことを、おせきは肌身で感じ取った。感じ取ったがゆえに、長兵衛を誇らしげな目で見たのだ。

長兵衛は井筒屋を見直した。

宴の半ばを過ぎた辺りで、重右衛門が三人の前に出てきた。

「どうかそのままで……」

座布団《ざぶとん》を下りようとした長兵衛たちを、重右衛門が止めた。長兵衛に一礼してから、重右衛門はおせきの前に身体《からだ》を移した。

「このたびはうちの身勝手で、長兵衛にも早い隠居をしてもらうことになりました」

「そんな……旦那様にそんなことを言ってもらえる長兵衛は果報者です」

「そう呑《の》み込んでいただければ……」

重右衛門の言葉に、仲町火の見やぐらの半鐘が重なった。鐘は短く乱打される擂半《すりばん》である。火元が近いことで座敷が騒然となった。

「だれか火の見に出なさい」

仙太郎が大声で指図した。手代が立ち上がったとき、座敷に小僧が飛び込んできた。

「本所竪川《たてかわ》の辺りから、大きな火の手があがっているそうです」

小僧の見当を聞いて、清四郎がすぐに動いた。帳場から駆け戻ってきたときには、分厚い得意先帳を手にしていた。

「竪川の両岸には、十二軒のお得意先が集まっています」

「よし」

短く答えた仙太郎は、すぐさま手代を呼び集めた。

「刺子《さしこ》を着て、あたしに付いてくるんだ。清四郎とこども衆《し》は店に残れ」

座敷の全員が仙太郎の指図にうなずいた。

「料理番は帰して、賄《まかな》いのものに炊《た》き出しを言いつけてくれ」

「分かりました」

清四郎の顔が引き締っている。酔いはすでに吹き飛んでいた。

指図を終えた仙太郎が長兵衛の元にきた。

「大事な宴ですが、火急のことですのでここでお開きにさせてください」

「もちろんです、あたしに構わず竪川に」

「それでは」

仙太郎が大広間を出たときには、すでにだれもが座敷を出ていた。

重右衛門もいない。

金屏風の前に、長兵衛たちが取り残された。

やはり井筒屋は商いが第一……。

分かりきったことだった。

自分が頭取の身で宴を差配《さはい》していても、同じ振舞いに及んだに違いないと思う。ゆえに、火事見舞のために、宴席がいきなりお開きになったことに不満はなかった。

ことが生じたときに、井筒屋の輪の外で見ているしかないことがやるせなかった。

「おいとましようか」

「そうですね」

五ノ膳に載っていた折詰を手にした三人は、百目ひとつだけの明かりになった座敷を出た。井筒屋の土間は、火事見舞支度の手代でごった返していた。

長兵衛は邪魔にならないよう、あいさつもせずにおもてに出た。

北の空が真っ赤に染まっていた。本所に続く広い通りを、火消しと野次馬が駆けている。長兵衛はひとの動きを気遣いながら、仲町の辻《つじ》で立ち止まった。ほどなく井筒屋から、刺子《さしこ》半纏《ばんてん》をまとった手代の群れが通りに出てきた。一列に並ぶと、仙太郎の掛け声で本所に向けて駆け始めた。

いままでの火事見舞は、すべて長兵衛が差配してきた。火の手が収まるまで、井筒屋を離れず奉公人を動かした。

いまは辻の暗がりから見ているだけである。思いを察したのか、おせきとおまきは長兵衛のうしろに離れて立っていた。

火の見やぐらでは、相変わらず擂半が鳴っている。北の空を見ながら、長兵衛が大きな溜《た》め息《いき》を吐き出した。

六

井筒屋を辞めて七日目の、三月二十二日四ツ（午前十時）過ぎ。冬木町長兵衛の宿を、手代身なりの男がおとずれた。

応対には娘のおまきが出た。

「手前は日本橋芳町の千束屋から参りました、手代の金四郎と申します。長兵衛様はご在宅でございましょうか」

「千束屋さんとおっしゃいましたか？」

「さようでございます」

屋号の意味するところは、おまきも充分に知っていた。手代を玄関先に待たせたまま、階段を駆け上った。

「はしたない振舞いをするんじゃない」

部屋に飛び込んできた娘を、長兵衛は強い口調でたしなめた。

「お客様です」

娘は詫《わ》びもいわずに来客を伝えた。

「お前はお客さんのまえで、階段を駆け上ったりしたのか」

「千束屋さんがお見えです」

「なんだと」

叱《しか》りが宙に浮いた。

頭取番頭を務めていたころの長兵衛は、少々のことでは顔色を変えない修練を積んでいた。が、千束屋という屋号は、そんな長兵衛の目を見開かせた。

「客間にお通ししておきなさい」

ひとつ大きな息を吐き出したあとでも、すぐには立ち上がろうとはしなかった。

千束屋の用向きがなにであるかが知りたくて、気持ちは逸《はや》り立っている。おまきがあれほど慌《あわ》てて駆け上ってきたのも、自分と同じ気持ちゆえだと長兵衛は察した。だからこそ、すぐには動きたくなかった。

職を辞して、まだ七日目である。しかしいまの長兵衛は寝間着のままだった。勤めのころは明け六ツ（午前六時）には着替えを始めていたのに、いまは起床が五ツ（午前八時）である。昨日は起きてから一歩も外出《そとで》をしなかったために、終日、木綿の寝間着に袖《そで》なしの薄い綿入れ姿で通してしまった。

初めて五ツまで寝過ごした朝、長兵衛は不覚を取ったと感じて気持ちが落ち込んだ。ところが身体《からだ》はそれを受け入れたのだ。職を退《ひ》くと、たちどころに気も身体もなまけ始める……あたまでは、それではだめだとおのれを咎《とが》めたりもする。しかし、あっけなくそれを許すのも、またおのれだった。

来客もこの日まで皆無だった。

退職直後の二日間は、ことによると井筒屋から呼び出しがくるかもしれないと身構えていた。本所の火事の直後でもあったし、手伝いに駆り出されることもありそうに思えたからだ。

おせきにも娘にもそれを言い置いた。外出も控えて二階の自室で待った。

しかしひとはだれもたずねてこなかった。

退職後二日目の夜は、やり場のない苛立《いらだ》ちが収まらず、真夜中を過ぎても寝つけなかった。ために、朝は五ツまで寝過ごした。ひとたび夜更《よふ》かしと朝寝を覚えると、身体が勝手に順応を始めた。昨日も今日も目覚めは五ツである。

今日一日を、どうやり過ごすか……。

葉がびっしりと茂っている桜の古木を見ながら、長兵衛はきつい思案をしていた。気持ちの底がざらざらしながら、である。

そこへ娘が、音を立てて階段を上ってきた。きつい声で叱りつけたのは、多分にうっぷん晴らしもあった。

ところが娘は、思いも寄らない客の来訪を告げにきた。

中身は分からないが、小僧ではなく、わざわざ手代を寄越した言伝《ことづて》は、わるい話ではないと長兵衛は判じた。

着替える顔が、ついゆるんでしまう。

それでも階段をおりるときには、頭取番頭であったことを思い返し、唇をぎゅっと噛《か》み締めていた。

金四郎は膝《ひざ》も崩さず、おまきが出した茶に口もつけずに待っていた。

客間というよりは、家族の居間である。床の間もなかった。それでも二月に表替えをしたことで、畳はまだ青々としていた。陽気がよく、障子戸が一枚開かれている。四ツを過ぎていることで、いっぽん桜に日があたっていた。

「お待たせをいたしました」

長兵衛の物言いはていねいだった。

「てまえこそ、長兵衛様のご都合もうかがわずに押しかけて参りまして……これはてまえどものあるじからの、言付《ことづ》かりものでございます。なにとぞお納めくださりますよう」

金四郎が風呂敷《ふろしき》のまま手土産を差し出した。包みの柄は、何十年も見てきた日本橋の茶舗、山本の渦巻き模様である。風呂敷が、言伝は吉報であるとささやきかけているようだった。

「遠慮なくいただきます」

風呂敷包みが長兵衛の膝元に移された。

「それで、わざわざ足をお運びいただきましたご用向きは？」

問われた金四郎は、膝を崩してもいないのに座り直した。

「長兵衛様には明日、あさってのどちらかで、夜の一刻ほど、てまえどもの番頭とお会い願えるお手すきはございましょうか」

「番頭さんと、ですか」

「さようでございます。二番番頭の、光之助《みつのすけ》でございますのですが」

光之助とは寄合で何度も同席したことがあり、長兵衛もよく知っていた。歳《とし》は長兵衛より二歳年下だが、押し出しの強さでは長兵衛に勝《まさ》っていた。来年還暦の千束屋頭取番頭を支えているのが光之助だといわれており、限りなく頭取の座に近い男でもあった。

「光之助さんの都合は、どちらの日がよろしいのかな」

「長兵衛様次第でどちらでも、と申しつかっております」

「少しお待ちください。いま先の約束がなかったかどうか、確かめますから」

長兵衛が中座しようとして立ち上がった。

「お手間をおかけいたします」

金四郎が深々と手をついた。

客間を出た長兵衛は、二階の自室に戻った。窓際《まどぎわ》の文机《ふづくえ》には、一冊の日記が載っている。日々の心覚えを簡潔に記す綴《つづ》りだった。

井筒屋を退いてからの記述は、さして書くこともなく、どの日もわずか数行である。

今日から先の約束など、あろうはずもない。

手にするまでもなく、それは分かっていた。

分かっていながらも金四郎を待たせ、日記を取りに二階に上がったのは、長兵衛の見栄《みえ》である。そんなことはおくびにも出さず、綴りを手にして階段をおりた。

客間とは反対の廊下の奥に、娘が立っていた。父親の姿を見ておまきが微笑《ほほえ》みかけた。長兵衛は咳払《せきばら》いを廊下に残して客間に戻った。

娘が茶をいれかえていた。

「あいにく明日の夜は先約があります」

金四郎に見えないようにして、白紙の綴りをめくった。

「あさってでよろしければ、七ツ（午後四時）のあとなら障《さわ》りはありません。千束屋さんはそれでよろしいか」

「結構でございますとも」

金四郎は提げてきた吾妻袋《あずまぶくろ》から矢立《やたて》と帳面を取り出し、長兵衛が口にしたことを書きとめた。

「どちらにうかがえばよろしいかな」

金四郎のへりくだった物腰につられて、長兵衛の物言いが変わっていた。

「それでは二十四日の七ツに、こちら様まで宿駕籠《やどかご》を差し向けます。両国橋西詰めの折り鶴《づる》までご足労願うことになりますが、よろしゅうございますか」

「結構です」

「重ね重ね、ありがとう存じます。それでは早速戻りまして、番頭に伝えますので」

金四郎は茶に口もつけずに戻って行った。

玄関先で客を送り出したおまきが、軽い足取りで客間に入ってきた。

「おとうさん、すごいじゃない」

「なんだ、その口の利《き》き方は」

長兵衛がわざとむずかしい顔を拵《こしら》えた。娘はまるで気にとめず、父親のそばに座った。

「千束屋さんのご用はなんだったの？」

「なんでしたの、だろうが」

「ごめんなさい。ご用はなんでしたの」

答える前に、長兵衛はまたカラの咳払いをした。

「あちらの番頭さんが会いたいそうだ」

「やっぱりね」

おまきがひとりで得心してうなずいた。

「それで、いつ、どこで？」

「あさっての夜、両国橋の折り鶴という料亭に招かれた」

「へえ……」

「宿駕籠を差し向けるそうだ」

長兵衛の背筋が張っていた。

「おとうさん……」

「なんだ」

「お天気もいいから、久しぶりに庭で花見をしましょうよ」

おまきが開かれた障子の先の古木に目をやった。さらに日が昇っており、日差しが葉から幹へと移っている。

日を浴びた木は心地よさそうに見えたが、もとより今年は花がない。

「いきなりどうしたんだ」

「今日はとっても陽気がいいじゃない。お昼を庭でいただきましょうよ。おかあさんにも言ってきますから」

返事もきかずに立ち上がったおまきは、廊下に出ようとして、すぐに戻ってきた。

「おかあさんに見せてもいいでしょう」

おまきは金四郎の手土産を手に取った。老舗《しにせ》の包みは娘も知っていた。

「こんなお茶をいただけるなんて、おとうさんはやっぱりえらいのね」

客間を出てゆく娘の後姿を、長兵衛は渋い顔で見ていた。

その顔はすぐに崩れた。

七

宿駕籠《やどかご》は足取りを加減して、七ツ半（午後五時）の刻限通りに折り鶴の玄関に着けた。三月下旬の七ツ半は、まだ日は落ちていない。打ち水をされた敷石が、夕暮れのなかで、口開けの瑞々《みずみず》しさを描き出していた。

玄関先の盛り塩も真っ白で威勢がいい。長兵衛は塩の白さを見て、話し合いが上首尾に運びそうな予感を抱いた。

「ようこそお越しくださいました」

案内された座敷では、光之助ともうひとりの連れが床の間の座をあけて待っていた。

「こんな高い座に……」

「なにをおっしゃる。そちらが長兵衛さんの座です」

型通りのやり取りのあと、長兵衛が床の間を背にして座った。

間をおかずに酒肴《しゆこう》が運ばれてきた。

仲居が運んできた盆には、黒の信楽《しがらき》大鉢が載っていた。鉢には千切りにされた独活《うど》が盛られている。仲居が緑のふちを残した竹箸《たけばし》で、同じ焼き物の小鉢に取り分けた。独活は緑色の青寄せを下に敷いていた。からしの葉をあたり鉢ですりつぶし、二杯酢で和《あ》えたものである。

鉢の黒、独活の白に青寄せの緑。小鉢が色味を競っていた。

「春の雪でございます」

折り鶴自慢の見立て小鉢である。

頭取番頭のころは、接待を受けたし得意先を招きもした。が、両国の料亭は使ったことがなかった。

のっけから長兵衛は、千束屋のもてなしに気おされ気味になった。職を辞した身であることも、床の間を背にしていることも、さらに座り心地の落ち着かなさを煽《あお》っている。

「今宵は楽にやりましょう」

長兵衛の胸のうちを見抜いたのか、光之助がくだけた口調で徳利を差し出した。徳利も盃《さかずき》も伊万里《いまり》である。

脇息《きょうそく》は漆仕上げで、座布団《ざぶとん》は長兵衛が自室で使っているものの優に二枚分の厚みがある。しかもそのどれにも、折り鶴の紋ではなく、千束屋の家紋がさりげなく描かれていた。

千束屋は、自前の什器《じゅうき》を折り鶴に使わせていたのだ。

井筒屋頭取のころは、千束屋なにするものぞと意気込んでいた。肩を並べたとまで思ったこともあるし、口にも出した。周旋した数においては、互角に近かったがゆえである。

しかし接待を受けて、いかに相手の格が勝《まさ》っていたかを思い知った。

百両の隠居金を井筒屋から受け取りながら、千束屋の招きに応じたことも、いまは長兵衛の気分を重たくしていた。

ねぎらいの言葉を山ほどかけてもらえたが、有体《ありてい》にいえば長兵衛は井筒屋から暇を出されたのだ。そのことは、だれよりもおのれが分かっていた。

なぜ身を退《ひ》かされたのか。

そのことに気持ちの折り合いがつけられなくて悶々《もんもん》としていたとき、千束屋の使者がたずねてきた。商売敵から声をかけられたことで、長兵衛は胸のうちの鬱憤《うっぷん》が晴れたような気がした。話の中身は定かではなかったが、相手が料亭に一席構えるというのは、世間話をしたくてであるわけがない。

様々な思いを抱えて招きを受けた。

千束屋の大きさを見せつけられたいま、長兵衛は招きを受けたことを悔いた。

千束屋入りを誘われても断わろう。

そう気持ちを定めたら、幾ら盃を重ねても気分はほぐれなかった。

料理が出される都度に、なにであるかを仲居がときあかす。器は料理ごとに窯《かま》が違っており、しかも千束屋の家紋入りだ。

光之助は料理が出され終わるまでは、なにひとつ仕事向きの話を切り出さない気でいるらしい。

この座のすべてにうっとうしさを感じ始めた長兵衛の、箸の動きがにぶくなった。

「腹の加減は、もうよろしいか」

「充分にいただきました」

長兵衛の言葉を受けて、光之助が仲居に目配せをした。新しい徳利三本を出したあと、襖《ふすま》を閉じて仲居が下がった。

「いきなり長兵衛さんが身を退くと知らされて、千束屋は大騒動になりましたよ」

おもねるような口調の光之助が、まだ徳利を差し出してくる。長兵衛は盃を手のひらでふさいで断わった。光之助も無理強《むりじ》いはせず、徳利を膳《ぜん》に置いた。

「このたび頭取に就かれた清四郎さんは、長兵衛さんよりひと回り以上も年下だとうかがいましたが」

「その通りです」

「井筒屋さんは、新しいご当主もまだ四十そこそこだというし、ずいぶんと思い切ったことをなさるもんですなあ。井筒屋さんには、なにかお考えがあってのことですか」

「格別なことはないと思います」

長兵衛は、当たり障《さわ》りのない答え方にとどめた。それを聞いて、光之助は上体を長兵衛のほうに乗り出した。

「ひと集めに精を出しているようですが」

「印旛沼《いんばぬま》への仕出しは、井筒屋さんはどれほどの数をまかなえるんでしょうかな」

「椋鳥《むくどり》を捕まえに出るのは手代さんですか」

矢継ぎ早に井筒屋の内情をたずね始めた。それも遠慮をかなぐり捨てての、あけすけな問い方である。

長兵衛は、なにひとつ定かな答えは口にしなかった。光之助も、長兵衛の出方は織り込み済みだったらしく、まともに答えなくても気をわるくした様子は見せなかった。同席している男を、光之助は顔つなぎさえしなかった。男はひとことも口を挟まず、長兵衛の顔の動きを見詰めるだけである。

招かれた者の礼儀として、長兵衛はおのれから話を打ち切ることはしなかった。光之助は相手から答えを求めるでもなく、言いたいことを言うだけ言ったところで、会食をお開きにしたいと告げた。

長兵衛には、なんとも後味のわるい終わり方だった。

「お帰りも宿駕籠をお使いください」

「月星がありますから、酔いざましを兼ねて歩いて帰ります」

長兵衛が断わると、光之助はあっさりと申し出を引っ込めた。

両国橋を東に渡った長兵衛は、右に折れて万年橋へと向かった。大川端の道の左手には、武家屋敷が連なっている。高い白壁に跳ね返された月の光が、ぼんやりと道を浮かび上がらせていた。

右手は大川だが今夜は屋根舟が出ておらず、川面は暗い。

長兵衛は折り鶴の提灯《ちょうちん》も断わった。

足元を照らす灯はなく、月が雲に隠れると闇《やみ》が深くなった。暗がりを歩きつつ、長兵衛は今し方のやり取りを思い返した。

千束屋は、長兵衛に誘いをかけにきたわけではなかった。ただ内情を聞きだしたかったに過ぎなかった。素直に長兵衛が答えるとは思っていなかったらしく、顔の動きから問いの答えを読む男を同席させていた。

まんまと千束屋にしてやられた……。

歩きながら深いため息が漏れた。

誘われても断わろうと、会食の途中で長兵衛は決めた。ところが相手は、はなから誘う気などなかった。それを思い知って、長兵衛は深く傷ついた。

女房も娘も、千束屋が長兵衛を求めてきたと思い込んでいる。千束屋勤めの肩書きがあれば、暮れの祝言《しゅうげん》でもいい顔ができる……ふたりの胸のうちを思うと、やりきれなさに足が止まりそうになった。

木村屋の誘いを受けるしかないか……。

月が隠れて明かりの途絶えた道で、長兵衛は声に出してつぶやいた。

雲が流れて月が戻ってきた。

前方に万年橋が見えている。盛り上がった橋の向うから、夜鳴きうどんの売り声が流れてきた。

八

永代橋の東岸は、廻漕《かいそう》問屋の蔵が建ち並ぶ佐賀町河岸だ。その南のはずれに一軒だけ建っている二階家が、魚卸《うおおろし》の木村屋である。

あるじの伝兵衛《でんべえ》はこの年の正月で五十の峠を越えたが、家族も身寄りもいない。人嫌いではなかった。

連れ合いを求めるよりも、商いを大きくすることに気がいったまでである。

『人は陸を、物は水を』という。

荷車よりは舟のほうが、はるかに多くの品を運ぶことができるからだ。

伝兵衛が一代で、棒手振《ぼてふり》（魚の担《かつ》ぎ売り）三十人を抱える魚卸を築き上げられたのも、店の地の利ゆえである。木村屋は大川と霊巌島新堀づたいに、日本橋魚河岸まで舟で行き来することができた。

魚河岸の中卸と町場の魚卸との商いは、月一回決済の掛売《かけう》りである。伝兵衛は中卸がその日に売り残した魚を、そっくり現金で買い取った。

鮮魚は夜が越せない。

現金で余り魚を引き取ってくれる木村屋は、中卸にはありがたい相手である。毎日四ツ（午前十時）を過ぎると、中卸は木村屋に回す魚を選《よ》り分けた。日によって余る魚の量も種類も異なったが、どれほど多くても、伝兵衛はすべて引き取った。魚河岸から佐賀町まで、自前の舟で運べたがゆえにできたことである。

多くの品を素早く運べることで、木村屋の魚は活《い》きがよかった。仕入れたものを売り歩くのは、三十人の棒手振である。

「へい、おまちどお……今日も飛びっきりの魚ばかりだぜ」

棒手振連中が口開けの得意先をたずねるのは、毎日八ツ（午後二時）と決まっていた。

千束屋に招かれた夜から幾日も思案を重ねた末、長兵衛は四月二日の八ツ過ぎに木村屋をおとずれた。この時刻を選んだのは、棒手振が出払ったあとだと分かっていたからだ。

「よく顔を出してくれやした」

伝兵衛が日焼けした顔をほころばせた。

木村屋の一階は、魚を仕分ける土間と物置、それに台所である。うろこが飛び散っている前垂れを外した伝兵衛は、先に立って二階に長兵衛を招き上げた。

隣町から通いできている賄《まかな》い婆《ばば》が、番茶を運んできた。

「うちにきてもらえるんですかい」

婆が階段をおりる間も待てずに、伝兵衛が問いかけた。

「そのことを詰めたくてうかがった」

歳《とし》は長兵衛が四歳年長だが、話は木村屋に勤めるについての煮詰である。しかしいまはまだ、長兵衛は木村屋に雇われてはいない。あるじよりも、奉公を始めようとする者のほうが格上のような口ぶりだった。

「詰めるもなにも、うちは今日からでも長兵衛さんに来ていただきてえんでさ。とにかく帳面づけが溜《た》まってて往生してますんでね、助けてくだせえ長兵衛さん、この通りだ」

雇い主となる男が、畳に両手づきをして頼み込んだ。

「分かったよ、伝兵衛さん。明日からご厄介になろう」

長兵衛の口ぶりは、勤めてやるぞといわんばかりだった。

今年二月一日まで、木村屋の帳面は賄い婆と同じ相川町に住む五十七歳の手代上がり、土岐蔵《ときぞう》が見ていた。日本橋蠣殻《かきがら》町の穀物問屋で算盤《そろばん》を弾《はじ》いていた土岐蔵は、九年前に足をわるくして通いがきかなくなった。

そのころ商いが大きくなり始めていた伝兵衛は、賄い婆の口利《くちき》きで土岐蔵を雇い入れた。様々な穀物の帳面付けをこなしていた土岐蔵には、木村屋の商う魚の種類ぐらいは高《たか》が知れていた。

以来、九年の間、木村屋の勘定始末はすべて土岐蔵が見てきた。ところが今年の二月二日にひいた風邪をこじらせてしまい、三日寝込んだ後に亡《な》くなった。

土岐蔵の篤実《とくじつ》な人柄は、棒手振からも慕われていた。とむらいの費えはすべて伝兵衛が担《にな》い、残された妻子には五十両という破格の弔慰金まで支払った。それほどに土岐蔵は大事な男だったのだ。

勘定を受け持つ男に急逝されて困り果てた伝兵衛は、井筒屋に周旋を頼んだ。さいわいにも三月の出替りでひとが見つかり、伝兵衛は安堵《あんど》した。

周旋した男は三日と勤めが続かなかった。

「魚の生臭いのがこらえられません」

井筒屋が中に入って掛け合ったが、男は首を縦に振らなかった。

事情を手代から聞かされた長兵衛は、始末を誤ると井筒屋の暖簾《のれん》にかかわりかねないと判断し、頭取番頭みずからが詫《わ》びに出た。

周旋した数が二千人の大台を超えていただけに、なおさら暖簾は大事だったからである。

「九月の出替りまでには、腕の立つ勘定掛を周旋します。なにとぞご容赦ください」

半年も先では困る、と伝兵衛は険しい声で文句をつけた。が、頭取番頭みずからが詫びにきたことと、なにがあっても九月には確かな腕の者を周旋すると請け合われて、伝兵衛も折れた。

長兵衛が引退を迫られたのは三月七日。

木村屋に詫びに出向いた翌々日のことである。長兵衛は思案に暮れた。しかし井筒屋頭取として約束したことである。

「かならず九月までに見つけてくれ」

あとを委《ゆだ》ねる清四郎にきつく言い置いたその夕方、長兵衛はもう一度木村屋をたずねた。

「だったら長兵衛さん、あんたがうちにきてくれやせんか」

伝兵衛は渡りに舟とばかりに、長兵衛に勘定を見てくれと言い出した。

前任の土岐蔵は雑穀問屋に勤めた男だ。井筒屋は土岐蔵が奉公した先よりも、はるかに大店《おおだな》である。

「井筒屋さんの頭取番頭まで務めた長兵衛さんがきてくれるなら、うちでできることは何でもしやすから」

伝兵衛の申し出を、長兵衛はその場では受けなかった。断わりもしなかった。受けなかったわけは、井筒屋がかならず助けを求めてくると思ったからだ。

清四郎はまだ頭取の器量ではない。どう意地を張っても、わたしの助けがいる。こう思うのは思い上がりではない、井筒屋にはまだわたしが必要だ……木村屋から帰る道々、長兵衛が胸のうちで考えたことである。

さりとて長兵衛は、申し出を断わりもしなかった。しばらく考えさせてくれ、と答えを控えただけである。

井筒屋が自分を求めてくると思いつつも、ことによると……と、不安も抱えていたからだ。

結果は不安のほうが的中した。

井筒屋からは今日に至るまで、まったく音沙汰《おとさた》なしである。百両の隠居金は、井筒屋との縁切り代だったと、長兵衛は骨身に染《し》みた。

千束屋から招かれたときは、胸のうちで有頂天になった。が、折り鶴で会食をするうちに、誘われても断わろうと決めた。

もしも、あのとき長兵衛から断わることができていたら、木村屋に勤める気にはならなかった。

給金が一文も入ってこなくなったとしても、隠居金でつましく暮らせばなんとかなる。この算段ができていたこともあり、自分から千束屋を断わったという矜持《きょうじ》が、そのあとの長兵衛を支えてくれただろう。

ところが千束屋には、長兵衛を雇い入れる気はまったくなかった。招いたのは、長兵衛の様子を通して、井筒屋のありさまを知りたかっただけである。

これを思い知らされて、長兵衛は誇りをずたずたにされた。

幾晩も浅い眠りが続いた。

おせきもおまきも、勤めに出ないあたしに倦《う》んでいる……。

長兵衛はそう思い込んだ。

朝から家に居続けることにも、ほとほと嫌気がさしていた。

わたしを必要としている先がある。

それにすがるような思いで、木村屋をたずねた。伝兵衛は心変わりしておらず、すぐにも来て欲しいという。

それが嬉《うれ》しかった。

しかし井筒屋の頭取まで務めたおれが、生臭い魚屋の帳面づけか……と、木村屋を見下してしまう気持ちも湧《わ》いていた。そのことが、伝兵衛に対しての物言いに出ていた。

「これで胸のつかえが取れたようなもんだ。明日からはよろしく願いやす」

伝兵衛は心底から喜んだ。

「すぐにでも井筒屋さんに出向いて、周旋話を断わってきやすから」

「よろしく」

長兵衛は軽くあたまをさげた。

伝兵衛は残り物の魚でこしらえた干物を十枚長兵衛に手渡して、店先で見送った。

心配ごとが消えて、西に傾きかけた日を浴びる伝兵衛の顔がほころんでいた。

九

今年は、四月二十八日に木村屋も初鰹を商った。

料亭は初鰹の御作りとして、この日はひと鉢五切れの刺身を、一分《いちぶ》（千二百五十文）の高値で供した。

「初鰹がへえったよう。いつも買ってくれるお得意さんへのご祝儀《しゅうぎ》だ、半身で三百文でいいぜ」

棒手振《ぼてふり》の口上が終わると、長屋の女房連中が百文刺し三本を手にして群がった。三百文といえば、職人一日の手間賃に相当する高値である。

しかし縁起物の初鰹だけは、どの家でも米味噌《こめみそ》を切り詰めてでも買い求めた。高いといっても、木村屋の半身三百文は、ほかの棒手振に比べれば半値以下だった。

初鰹が過ぎた五月上旬になっても、鰹は獲《と》れ続けた。魚河岸にはほかの魚がほとんど入らず、売れ残るのは鰹だけだ。伝兵衛の仕入れも鰹だけの日が続いた。

五月下旬になると、梅雨のおとずれを思わせるような曇りの日が続いた。

商いも空模様と同じように芳《かんば》しくなかった。いまだに鰹だけの仕入れが続いていたからだ。

ほかの魚を仕入れようとすれば、市場の高値を呑《の》むしかない。そんな値で仕入れても、長屋の客には手が出せないのは分かり切っている。ゆえに伝兵衛は鰹のほかは仕入れなかった。

棒手振は商いに往生していた。

鰹はことのほか足が早い魚である。曇り空に助けられて途中で傷《いた》むことはなかったが、夕方になっても売れ残る日が続いた。

客は鰹に飽きていた。

いくら江戸っ子が鰹好きだといっても、安値でいいといわれても、毎日は食べない。夏野菜が出回り始めていたし、アサリ、しじみも旨《うま》くなってきていた。売れ残った鰹は干物にもできない。鰹節を作ろうとしても手間がかかるし、なにより棒手振の手には負えないのだ。

伝兵衛は中卸との約束で、売れないからといって仕入れの数を加減はできない。数を減らしたりしたら、先の仕入れに障《さわ》りが出る。

売れ残りの鰹を持ち帰る棒手振衆のどの顔にも、飽き飽きした色が濃く浮いていた。

五月二十三日の夕暮れどき。

大川端の空には、この日も分厚い雲がかぶさっていた。日ごとに丈を伸ばしている雑草が、土手を緑に染め替えている。その緑のなかに、伝兵衛と三人の棒手振がいた。

「あっしらは、とっても長兵衛さんのやりかたにはついていけねえ」

「井筒屋の流儀だかなんだかは知らねえが、おれっちは棒手振だ。朝の五ツ（午前八時）から、寄合に引っ張り出されるのはまっぴらでさ」

「長兵衛さんは、ふたこと目にはうちは、うちはって言うけどねえ、あのひとが言ってるうちてえのは、木村屋じゃねえ。いまだに辞めさせられた井筒屋を、うちと呼んでるんですぜ。けったくそわるくて聞いてらんねえ」

三人が口々に長兵衛への不満を口にした。

「このまんま放っといたら、あっしらと長兵衛さんとがぶつかっちまうんだ。親方の口から、長兵衛さんにそう言ってくだせえ」

「おめえらに四の五の言われることじゃねえ。おれのやり方に文句があるてえなら、たったいま盤台をけえせ」

伝兵衛が三人を睨《にら》みつけた。

「そんな……あっしらはただ親方に……」

「うるせえ」

伝兵衛が相手の口を怒鳴り声で抑えつけた。

「長兵衛さんは、おれがあたまをさげてきてもらったひとだ。おめえらの言うことはしっかり聞いたが、それを長兵衛さんに言うの言わねえのの指図を、おれにするんじゃねえ」

伝兵衛は物分りのいい親方で通っていた。怒鳴り声を聞くことも稀《まれ》である。これまで見たこともなかった伝兵衛の形相に腰が引けたのか、棒手振三人はあとの言葉を呑み込んだまま土手をおりた。

ひとり残った伝兵衛は土手に座り込んだ。

連日、鰹が売れ残るのを見せつけられて、伝兵衛はいささか苛立《いらだ》っていた。なんとか胸のうちに押し込んでいたが、その苛立ちを棒手振たちが引きずり出した。

怒鳴り声をあげながらも、あたまのなかでは棒手振の言い分ももっともだと思っていた。

朝五ツの寄合というのは、長兵衛が始めたことである。

「うちでは毎朝それをやってきた。手代から聞かされる数字を基にして、あたしは、うちの舵取《かじと》りを決めた」

長兵衛が連発するうちが、木村屋ではなく井筒屋を指していると知ったのは、初日の午後である。棒手振を集めて、井筒屋のときと同じように、前日の商い高を聞き取りたいという話のなかで、長兵衛は何度も「うち」を口にした。

四十年以上も勤めた先のことだ、すぐには忘れられないんだろう……こう思った伝兵衛は、あえて気にとめずに聞き流した。

棒手振全員を集めて、各々《おのおの》が前日の商い高を伝えるという案は、互いに励みになるだろうと考えて伝兵衛も同意した。

ところが励みにはならなかった。

聞き取る長兵衛は、その者の前日の数字をなぞり返し、一文でも下がっていたら、厳しく詮議《せんぎ》した。これを毎朝、三十人全員に繰り返した。それだけで半刻《はんとき》（一時間）はかかった。

棒手振は売り歩くのが仕事である。

その日の商いの上首尾を願い、暇があれば盤台を洗ったり、包丁を研いだりと、魚の売れ行きにつながることに汗を流した。

また店まで通ってくる道々で、女に最初に出会えば今日は売れるなどと、それぞれが自分流の縁起を大事にしていた。

長兵衛は朝のいわば口開けから、数字を詮議し、ときには小言までくれた。

それが木村屋の商いには大事だと諭されても、手代は得心できても棒手振には通用しなかった。

伝兵衛も感じ方は棒手振と同じだった。

長兵衛さんと膝詰《ひざづ》めで、とことん話し合わなくては……。

伝兵衛の顔は、空模様以上に曇っていた。

十

五月二十六日の朝五ツ半（午前九時）、冬木町に降る雨は一段と激しさを増していた。

これで二十四日から三日降り続いている。おとといはさほどに強い雨ではなかったが、二十五日午後から本降りとなった。そのままいまも降り続いていた。

カン……カン……カン……。

亀久橋たもとの火の見やぐらが、間延びした三連打を繰り返している。仙台堀の水かさが、大きく増していることを知らせる半鐘である。さらに増えるとカン、カンの短い二連打に変わり、溢《あふ》れたらジャンジャンジャンジャンと、擂半《すりばん》で急を知らせる。

三連打が打たれ始めてから、おせきとおまきが二階に上がってきた。長兵衛とは向かい合わせの部屋である。いつもは母娘《おやこ》が襖《ふすま》を閉じて談笑していたが、いまは開いたままだ。仙台堀が増水しているいま、閉じこもっているのが怖いからだろう。

長兵衛は障子窓を開いて、雨に打たれるいっぽん桜を見ていた。大きな雨粒が、桜の葉を叩《たた》いている。風もないのに葉が揺れているのは、それだけ雨脚が強いからだ。

桜を植えてから、ろくなことがない。この古木を売った農家の怨念《おんねん》が、なにかわるさをしているんじゃないか……。

長兵衛は恨みを含んだような目で、桜を見詰めている。

目は桜に向いていた。

しかしあたまでは、五月二十四日朝の伝兵衛との話を思い返していた。


「もうちょいと、棒手振《ぼてふり》たちにやさしい話しかけをしてやってくれやせんか」

木村屋の二階で長兵衛と差し向かいに座った伝兵衛が、ことさらゆっくりした調子で話しかけた。二階の障子が大きく開け放たれており、長兵衛のうしろには雨にかすんだ永代橋が見えた。

「やさしくとはどういうことだ」

長兵衛の語調が尖《とが》っている。この日の朝五ツの寄合を、自分に無断で伝兵衛が取りやめたからだ。

「連中には、朝はでえじな用が控えてるんでさ。商いがどうだったかは、毎日やらなくてもいいでしょう」

「なんだ伝兵衛さん、帳面づけをしっかりやってくれと言ったのはあんたじゃないか」

「ですがねえ、帳面づけと商いの数字を言うのとは、かかわりがねえと思いやすがね」

「あんたがそんなだからだめなんだ」

長兵衛の語気が荒くなった。

「数字は舵取《かじと》りの基本だ。なにが無駄か、なにが足りないかをはっきり教えてくれる。それをかかわりがないなどと軽くいうから、半月以上も無駄な鰹《かつお》を買い続けたりするんだ」

「分かりもしねえで、半端《はんぱ》な口をつっこまねえでくれ」

伝兵衛も相手に負けない大声で切り返した。

「なにが半端だ。あたしはこのやり方で、うちの舵取りをしっかりやってきた」

「それだよ、長兵衛さん」

伝兵衛が相手の胸元めがけて、人差し指を突き出した。

「いつまであんたは、暇を出された先のことをうちと呼ぶんだよ」

言われた長兵衛が、うっ……と言葉を呑《の》み込んだ。が、目は怒りに燃えていた。

「そんな目で睨《にら》みつけるのは、お門違いというもんだ。あたしもうちの棒手振たちも、長兵衛さんにきてもらえて鼻がたけえんだよ」

話を自分で区切った伝兵衛は、階下におりると手になにかをさげて戻ってきた。長兵衛の膝元《ひざもと》に置いたものは、一枚のスルメだった。

「長兵衛さんはもはやイカじゃねえ、スルメなんだよ」

いきなりの喩《たと》えが呑み込めず、怒りに燃えていた長兵衛の目に戸惑いが浮かんだ。

「大店《おおだな》の頭取番頭だったあんたは、いってみれば海で泳いでたイカだ。ところがそこから暇を出されてうちにきた」

暇を出されたと言われて、長兵衛の目がまたいきり立った。伝兵衛は取り合わずに話を続けた。

「元はおんなじイカだろうが、ここにきたからには、もうイカのつもりでいてもらっちゃあ困るんだよ。木村屋という魚屋に勤める、スルメに変わってくんねえな。そうでなくちゃあ、どんだけいいことを言ってくれても、だれも耳は貸さねえさ」

これだけ言ったあと、スルメを残して伝兵衛は二階からおりた。

昨日、今日と続けて長兵衛は勤めを休んだ。断わりなく休んだのではない。二十四日の帰り際《ぎわ》、伝兵衛にそのことを伝えた。

「お互いに気持ちをすっきりさせるには、二日の休みはちょうどかも知れやせん」

伝兵衛は先刻の話し合いのしこりは残っていないという顔で、休みたいという長兵衛の願いを受け入れた。

休んだ二日とも雨である。

次第に雨脚が強まっており、物思いを閉じたら、半鐘が二連打に変わっているのに気づいた。

井筒屋では、得意先の町がどうなっているかを案じ始めていることだろう。清四郎はきちんと指図をしているのか……。

また井筒屋のことを考えていると知って、小さな舌打ちをおのれにくれた。

伝兵衛はうまい喩えを示してくれた……。

思い返した長兵衛は、思わず唇の端をゆるめてしまった。ゆるめてしまえるこころのゆとりができていた。

たしかにあたしは、井筒屋の頭取だったことにしがみついていた。

女房から離縁を切り出され、しかもそこから追い出されたのに、未練たらしく、相手がまだ女房であるかのように思っている。

長兵衛はいっぽん桜を見た。

植え替えられてすでに七年である。

桜は枯れもせず、新しい場所にしっかりと根を張っている。それがあかしに、咲いたり咲かなかったりと、いままで通りのいとなみを繰り返している。

それにくらべてあたしは……。

植え替えられる前の土を懐《なつ》かしんで、いまの土に馴染《なじ》もうとしていない。

長兵衛はおのれの振舞いを深く恥じた。

そのとき。

半鐘が擂半《すりばん》を打ち始めた。

十一

仙台堀から溢《あふ》れ出た水が、冬木町のなかを暴れ回っていた。

深川冬木町から大和町にかけては、地べたがゆるい傾斜になっている。歩いてでは分からない程度の下がり方だが、水は知っていた。

仙台堀は大川につながる堀である。大川の土手は高く、それを乗り越えるほどには水かさは増していない。

しかし仙台堀は大川に比べて低かった。そして冬木町、大和町はさらに低くなっている。冬木の町に溢れ出た川水は、仙台堀のものだけではなく、大川から流れ込んできた洪水も一緒だった。

「おとうさん」

おまきが怯《おび》えた声を出した。

「落ち着きなさい。ここは二階だ、水があがってくることはない」

「でも、凄《すご》い音がしているわよ」

たしかに暴れ水は音を立てていたし、ありとあらゆる物を流れに巻き込んでいた。

長屋の路地に置かれていた芥箱《ごみばこ》。

水に浸《つ》かった下駄屋がしまいそこねた、仕掛かり途中の下駄。

木場に運ぶいかだからはぐれた丸太。

無数のゴミ。肥溜《こえだ》めから流れ出した糞尿《ふんにょう》。井戸端に置きっぱなしにされていた、たらいに洗濯板。防水桶《ぼうすいおけ》。小売屋の看板……。

これらを巻き込んで流れる水は、低くて唸《うな》るような音を発している。ものが家にぶつかると、別の音を立てた。

それらの音におおいかぶさるような、半鐘の擂半。

おせきもおまきも、水よりも音に怯えた。

今朝早く、三連打が鳴り始めたときに、長兵衛は一階の大事な物は二階に運び上げていた。残したのは、水に流されても仕方がないと肚《はら》をくくったものばかりだ。

「やることは全部やった。おまえたちは、水の様子をしっかり見守っていろ」

「はい」

長兵衛がうろたえていないことが、女房と娘を落ち着かせた。雨脚は一向に弱まってはいないが、昼前のことで外には明かりがある。この明るさが心強かった。

木村屋は大丈夫だろうか……。

凄《すさ》まじい速さで流されてゆく芥箱を見つつ、長兵衛は木村屋の安否を気遣った。もう井筒屋のことは思いのなかから消えていた。

「おとうさん、ちょっときて」

大和町の方角を見ている娘が、差し迫った声で父親を呼んだ。

「どうした」

長兵衛は娘の部屋に駆け寄った。

部屋の柱が不気味な音を立てていた。固めたものを無理に動かそうとするときの、きしみに似た音だ。

ギイッ……ギイッ……。

間延びした音がいやらしい。

ゆっくりした動きだが、柱が左右に揺れていた。

娘が柱に耳をくっつけた。

「なにかがぶつかっているみたい。おとうさんも聞いてみて」

すぐさま長兵衛が耳をあてた。

「流れてきた丸太かなにかが、床の下の土台に当たっている……」

長兵衛の顔色が変わっていた。

借家なので、家の基礎がどうなっているかは分からない。しかしもし丸太が当たり続けて、床の下の土台柱が一本でも外れたりすれば、家が一気に崩れてしまう。

長兵衛のほかに男手はなかった。

「あたしが確かめてくる間、おまえたちは家の外に出ていなさい」

「おとうさんひとりで大丈夫なの」

おまきの声が怯えていた。

「あなた……」

おせきが長兵衛の袖《そで》をひいた。

女房は大和町を指差している。その指の先をたどった長兵衛が目を見開いた。

おとなの膝《ひざ》の半ばまでの水が、冬木町から大和町に向けて音を立てて流れている。その流れに逆らって、七人の男が冬木町に向かって歩いてきた。蓑笠《みのかさ》は身につけておらず、股引半纏《ももひきばんてん》姿である。

その姿を遠目に見た刹那《せつな》、長兵衛には七人がだれだか分かった気がした。近づくにつれて、確信に変わった。

七人が軒下まできた。

「長兵衛さん……でえじょうぶですかい」

木村屋の棒手振《ぼてふり》たちだった。

「ありがとう。すぐにおりる」

「がってんだ」

水は上がり框《かまち》のすぐ下まできていたが、まだ座敷にまでは浸水していない。男たちは玄関の土間に集まっていた。

口を開けば、やれだらしないだの、そんなやり方では駄目だのと、いやな小言ばかりをぶつけてきた棒手振たちである。七人の男が、長兵衛をこころよく思っていないのは充分にわきまえていた。それなのに、みなは安否を気遣って水のなかを出向いてきてくれた。

大店《おおだな》の奉公では気づかなかった、正味のひとの情けとはこのことか……。込み上げる思いで、長兵衛は言葉が詰まった。そのさまを、棒手振たちは取り違えた。

「そんなにいけねえんですかい？」

年若いのが、長兵衛の顔をのぞき込んだ。大きく息を吸い込み、長兵衛は背筋を張った。

「家の土台に丸太がぶつかっている」

「そいつあ大ごとだ」

七人がすぐに四方に散った。

「こっちだ、こっちだ」

なかのひとりが大声で仲間を呼んだ。

ぶつかっていたのは、差し渡し八寸はありそうな杉の丸太だった。なにかのはずみで床の下にもぐりこんでしまい、出るに出られなくなって土台にぶつかっていたのだ。

床の下でも水の流れはきつい。

棒手振が七人がかりでなんとか引き出し、水に浮かせたまま玄関まで運び込んだ。

八寸径の丸太をそのまま流したりしたら、どこに災難を持ち込むか知れたものでないからだ。

「邪魔でしょうが、水がひくまで、ここに置いたままでいいですかい」

「遠慮などいるか」

乱暴な言い方だったが、感謝に充《み》ちている。棒手振七人が長兵衛に笑いかけた。

「佐賀町の様子は？」

「でえじょうぶでさ」

七人の中でもっとも年長の棒手振が、きっぱりと答えた。

「ここにくる道々に見てきた空の端が、明るくなってきてやした。雨も昼過ぎには上がりやすぜ」

笑いかけた棒手振の髷《まげ》から、ぼたぼたとしずくが垂れ落ちた。


雨は棒手振の見当よりも長引いたが、夕刻には上がった。

翌朝は、嵐《あらし》が過ぎ去ったあとのような晴天となった。暴れ水がゴミの山を庭に残している。五ツ（午前八時）の鐘のあと、片付けの身支度をしたおせきとおまきが庭掃除を始めた。

長兵衛は二階から桜を見ていた。

あの雨と水に襲い掛かられたのに、びくとも揺らいでいない。朝日を浴びた葉は、明るい緑色に輝いていた。

この日の通いが片づけで遅くなることは、昨日の棒手振たちに伝えておいた。どれほどひどい爪《つめ》あとになるかを案じていたが、見たところ女房と娘だけで手が足りそうだ。おまきの許婚《いいなずけ》も、あとで手伝いにくるに違いない。男と面倒くさいやり取りをするよりは、早く木村屋に顔を出したかった。

手早く身支度を整えた長兵衛は、おせきが用意してくれた握り飯をひとつ頬張っただけで、家を出た。

通いなれた道が、すさまじく汚れていた。臭《にお》いもひどい。

しかし長兵衛は、棒手振たちが来てくれた道を歩くのが心地よかった。佐賀町に向かう歩みには、張りがある。富岡八幡宮《はちまんぐう》に無事の礼をしたあと、また足を急がせた。

仲町の辻《つじ》まで出たところで、井筒屋の手代と行き会った。

「あっ……頭取じゃないですか」

「おはよう」

長兵衛はこだわりなくあいさつをした。

「昨日の暴れ水は冬木のほうだったと聞きましたが、頭取のおたくはご無事でしたか」

手代は長兵衛におもねるかのように、頭取に力をこめた。

長兵衛は深い息を吸い込んで、そしてゆっくりと吐き出した。背筋が張っている。

「うちの若い衆が助けにきてくれてね」

それだけ言うと、あとも見ずに歩き始めた。

ともだち

北原亞以子

北原亞以子（きたはら・あいこ）

東京・新橋生れ。六九年「ママは知らなかったのよ」で新潮新人賞、同年「粉雪舞う」で小説現代新人賞佳作を受賞。八九年に『深川澪通り木戸番小屋』で泉鏡花文学賞、九三年『恋忘れ草』で直木賞、九七年に『江戸風狂伝』で女流文学賞、二〇〇五年に『夜の明けるまで』で吉川英治文学賞をそれぞれ受賞。他の作品に『慶次郎縁側日記』シリーズなど。

こういう空を花曇りというのだろう。

一面に広がっている薄雲が、遮《さえぎ》っている陽の光をにじませているのか花の色を映しているのか、うっすらと紅色に染まっている。

江戸は、数日前までの寒さが嘘《うそ》のようで、近くにある富岡八幡宮《とみがおかはちまんぐう》の桜もいっせいに開いたそうだ。無論、上野の山の桜も今日あたりは満開にちがいない。おすまの住んでいる深川中島町でも、町内の子供や若い衆に踊りも教えれば長唄《ながうた》も教える師匠が、「急に満開だもの、忙しくってしょうがない」と言いながら、幔幕《まんまく》や色褪《いろあ》せた毛氈《もうせん》を抱えて、朝早くから弟子達と出かけて行った。今頃は、子供のいることを忘れてしまったような若い衆が、飲めや唄《うた》えの騒ぎを繰り広げているにちがいない。

おすまは、大島川の土手をのぼった。

若い頃はこの土手を幾度でも平気で駆け上がったものだが、五十を過ぎた今では、のぼりきると息がはずみ、太腿《ふともも》のあたりが重くなる。髪はまだ黒々としているし、額や目尻《めじり》の皺《しわ》も同年輩の女達に不思議がられるほど少なくて、とても五十を過ぎたとは自分でも思えないのだが、躯《からだ》の中身は正直に年をとっているらしい。

「よっこらしょ」

思わず年寄りじみた掛声が出て、おすまは枯草の上に腰をおろした。

周囲の草をかきわけると、みずみずしい青草が顔を出す。人間も、一年ごとにみずみずしい軀に生れ変われたらどんなによいだろう。みずみずしい軀で寿命の分だけを生きて、ある日突然目が覚めなくなる。つまり、上野の山へ花見に出かけるような気楽さで、あの世へ旅立っている——。

五十を過ぎてから、始終、軀が思うように動かなくなったら——という不安にかられるようになった。同じように軀の動かない人間でも、可愛《かわい》い赤ん坊は誰でもが夢中で面倒をみるが、年寄りは、ひからびて可愛げがない上に、叱言《こごと》も不平も言うから嫌われる。近所の女達は皆親切で、おすまが病気になればかわるがわる看病に来てくれるにちがいないが、それもはじめのうちだけだ。病いが長びいたり、おすまがあれこれ頼んだりすれば、だんだん面倒くさくなってきて、誰も来なくなってしまうだろう。なるべくいやな顔をされずに面倒をみてもらいたいと、懸命に金をためてはいるのだが。

「おお、やだやだ」

おすまは首をすくめ、大仰《おおぎょう》にかぶりを振った。

「こんなとこでも、こんなことを考えるようになっちまったよ」

ひとりごちて、何気なく振り返った。いつからそこに来ていたのか、土手の上に立っていた女が、あわてて挨拶《あいさつ》をした。おすまと同じ年恰好《としかっこう》の女だった。

「お暖《あった》かになりましたねえ」

女はおすまの隣りに腰をおろし、抱えていた風呂敷《ふろしき》包《づつ》みを解いた。

「ここは、ほんとに静かで」

女は、永代寺門前に住むもんという名の女だと言った。おすまも自分の名をなのった。

永代寺は富岡八幡宮の神宮寺で、八幡宮の境内には、枯れてわずかとなっているが、歌仙桜などの名木がある。そこで、この季節になると俄《にわ》かに風流を楽しむ者がふえ、さすがに境内へ紅白の幕をめぐらしはしないものの、門前の料理屋はどこも大賑《おおにぎわ》いで、三味線を弾いて浮かれ騒ぐ。そのうるささに逃げ出して来たのだという。

「お一つ如何《いかが》ですか」

風呂敷の中は重箱だった。一の重には一人前にしては多過ぎる煮〆《にしめ》が、それでも隅に寄って半分を隙間《すきま》にしており、二の重の握りめしも、年寄りらしいぞんざいな握り方で凸凹と隅に寄っていた。

「まあまあ、ご用意のよいことで」

「なにしろ花見を口実に飲んで騒ぎたい客がうるさくってね。寒くさえならなけりゃ、夜までここにいたい位ですよ。どうぞ、お食べなさいな」

「それじゃ、遠慮なくおむすびを」

「珍しくもありませんが、こちらもどうぞ」

おもんは、煮〆のがんもどきを、一組しかない箸《はし》で掌《てのひら》の上にのせていた。

「まったく呆《あき》れたものですよ。子供連れでさえ、料理屋に上がって騒いでゆくんですから」

「わたしもね、町内のお花見にね、是非にと誘われたんですが、断りましたよ。上野の山の騒ぎには閉口しますからね」

「おや、おすまさんも？」

おもんは、探るような目でおすまを見た。鼻筋の通った、若い頃はさぞ——と思わせる顔立ちだが、目尻や口許《くちもと》の皺が深く、おすまは自分の口許を撫《な》でて安心した。

「わたしの町内でも、昨日、上野へ行きましたがね。ただでさえ酔っ払いがうるさくて困っているのに、なおうるさい所へ行くこともあるまいと断ったら、しつこく誘われましてねえ。往生しました」

「どこにでも、そういう人がいるものですよ」

おすまは、当然のことのように言った。おもんは眉《まゆ》をひそめた。

「男ってのは、ほんとにしつこいから。わたしのような年寄りを引張り出して、どこが面白いんでしょうねえ」

おすまは、咄嗟《とっさ》に答えを思いつかなかった。おもんより若く見えると思うのだが、おすまに声をかける男はいない。黙っていると、皺の目立つ口許を片手で隠してがんもどきを食べ終えたおもんが、言葉をつづけた。

「わたしは、五年前に連れあいを亡《な》くしましてね」

「お独り？」

「いえ、神田の須田町《すだちょう》に伜《せがれ》がおります。塗師屋《ぬしや》ですが、職人二人と小僧一人を使っておりまして」

「それじゃ、伜さんのお嫁さんと折合いが悪くって永代寺の門前に？」

「とんでもない。伜も嫁も孝行者ですよ。わたしを心配して一緒に暮らそうと言ってくれますが、軀が達者なうちは一人の方がいいと思いましてね」

おすまさんは？――と、おもんが尋ねた。おすまは、横を向いて唇を嚙《か》んだ。煮〆のがんもどきが、急に苦《にが》くなった。

「わたしは、七年も前に連れあいに逝《い》かれちまって……」

その上、子宝にも恵まれなかった。姉弟《きょうだい》もいない。早く言えば、身寄りがないのである。しかも、経師屋《きょうじや》だった夫は、酒も飲まず遊びもせぬ真面目《まじめ》一方《いっぽう》の性格が災いして職人がいつかず、丹念に仕事をする人という評判とわずかな蓄えを残しただけで急逝《きゅうせい》した。

幸い、夫を贔屓《ひいき》にしていた日本橋本石町《にほんばしほんこくちょう》の油問屋、唐津屋《からつや》の内儀がおすまを哀れがり、店の仕着せの縫物をまかせてくれたので、暮らし向きの不安はなかったが、おもんには話したくない。働けるうちは働いて、夫の残した蓄えは万一の時にとっておこうと考えている自分と、親孝行な息子がいて、勝手気儘《きまま》に暮らしているらしいおもんとでは、雲泥《うんでい》の相違がある。

が、おすまの顔を覗《のぞ》きこんでおもんが尋ねた。

「お子さんは？」

おすまは、箸を握りしめた。

「それが、生れませんでねえ。姑《しゅうとめ》がいたら、追い出されるところでしたよ」

「お独りじゃ、お淋《さび》しいでしょう」

誰が淋しいものか。仕立物で稼いで、年に一度は芝居にも行って、人並に楽しんでいるのだ。

が、おもんにそんなことを言っても、可哀《かわい》そうに――と思われるだけのような気がした。

「いえ、甥《おい》が二人おりましてね。ええ、妹の子なんですよ。妹は、死んだ連れあいと同業の経師屋と一緒になりましたが、甥は二人とも、妹の亭主が出入りの日本橋の大《おお》店《だな》に奉公致しました。この甥がどういうわけか、伯母さん、伯母さんとわたしを慕ってくれましてね、お得意様へ向かう途中に、ちょいと寄ってくれたりします」

喋《しゃべ》っているうちに、おすまは本当に妹がいて、二人の甥がかわるがわる顔を見せてくれるような気がしてきた。

「で、弟の方が、わたしの伜になってくれることになっているんですよ。わたしは、この子が暖簾《のれん》を分けてもらう日を楽しみにして、暮らしています」

おもんがおすまを見た。おすまは、うっとりと微笑しておもんを見返した。唐津屋の暖簾を分けて貰《もら》った甥が、嬉《うれ》しそうにおすまの家へ駆けてくる光景が、ありありと見えた。

「お幸せそうですねえ」

「おもんさんこそ」

「ええ、お蔭様で」

土手に薄日が射してきた。大島川の水も、灰色から金色に変わっている。おすまは不意に、昨日の洗濯物を家の中に干してきたのを思い出した。嬉しそうに駆けていた甥の姿が、あとかたもなく消えた。おすまは、のろのろと立ち上がって腰を伸ばした。

「もうお帰り?」

おもんが言った。

「日暮れには、まだ間がありますよ」

「でも、甥が来るといけないから」

おもんは、黙って重箱をかさねた。一緒に帰るつもりかとおすまは思ったが、風呂敷も結ばずに川を眺めている。

孝行息子だと言いながら一緒に暮らさないのは、暮らせぬわけがあるにちがいないとおすまは思った。とすれば、おもんも一人ぼっちだ。善人だが子福者で、「淋しかったら、うちの子を持っていっていいよ」とおすまの悩みを笑いとばす近所の女達と違い、話相手になってくれるかもしれない。

「おもんさん、よかったら家へおいでなさいな。近所の子供の声がちょいと騒々しいけれど、お茶を淹《い》れますよ」

「だって、甥御さんが……」

「今日来るとは決まってやしません。汚い所ですが、おいでなさいな」

おもんは思いきりの悪いようすで川を眺めていたが、しばらくして、「それでは遠慮なく――」と、妙に口ごもりながら言った。

「で、月に一度、おもんさんと会うことにしたんですよ」

と、おすまは言った。

大島川沿いの澪通《みおどお》りにある菊乃湯《きくのゆ》の流し場だった。八ツ半を過ぎたばかりで、女湯は空《す》いている。

おすまの隣りで糸瓜《へちま》を使っていたお捨《すて》は、手をとめておすまの話を聞いていた。頬も胸も、腰も腕も、皆ふっくらと太っていて、ぬけるように色が白い。

背中を流しましょうと、おすまはお捨のうしろへまわった。おすまより二つ年下だというが、それにしても艶《つや》やかな白い肌だった。

「きれいですねえ、お捨さんは」

「あらいやだ」

お捨は軀をよじっておすまを見上げ、転がるような声で笑った。

「わたしより、おすまさんの方がずっときれいですよ」

「とんでもない。お捨さんとくらべたら、ほら、艶がこんなに違いますよ」

「そりゃ、おすまさん、わたしは太っていて皮が引張られていますもの」

おすまの差し出した腕に腕を並べてみせて、お捨はまた、ころころと転がるような声で笑った。

「そういえば、この間、笑兵衛《しょうべえ》さんに会いましたよ」

「夜通し起きている商売ですから、昼間は眠っているんですが、近頃は早めに起きて、昨日の将棋の敵討《かたきうち》に出かけて行くんです。返り討にあうというのに」

「それがね、昼間笑兵衛さんに会うのはめずらしいし、笑兵衛さんもどこかの旦那様《だんなさま》みたようで、知らん顔をして通り過ぎるところでした」

「まあ。帰ったら、笑兵衛に話して喜ばせてやりましょう」

笑いながらお捨は礼を言い、交替しておすまのうしろへまわった。

お捨は、木戸番の女房である。

絵草紙や川柳では、欲深で臆病《おくびょう》と木戸番の相場はきまっていて、皆それらしく描かれているが、お捨の夫の笑兵衛は、古武士のような風貌《ふうぼう》の持主だった。その上、荷揚げ人足の清太郎が花火を上げた時は、いろは長屋の差配の弥太右衛門《やたえもん》らと財布をはたいて舟を仕立てたというし、匕首《あいくち》を持ってむかってきた盗人《ぬすっと》を、あざやかに投げ飛ばして捕えたこともあるという。お捨の立居振舞にも品があり、中島町界隈《かいわい》には、二人が京の由緒《ゆいしょ》ある家の生れだとか、武家の出だとか、日本橋の大店の主人だったとか、さまざまな噂《うわさ》が流れていた。

「ところで、さっきのお話ですけど」

と、お捨が言った。

「おもんさんには、いつお会いになるんですか」

「四月の五日、まだ半月も先の話なんですよ」

「まあ。待遠しいでしょう」

「楽しみですよ」

「月に一度だなんて約束をなさらずに、ちょくちょく気軽にお会いになればいいのに」

「でも、お互いに忙しいし……」

おすまは、曖昧《あいまい》に言って話を変えた。

「笑兵衛さんは、今日も敵討ですか」

「今日は店番をしてくれていますが、あの人のことですから、今頃、草鞋《わらじ》を二、三文安く売っているかもしれませんねえ」

お捨の笑い声が、湯気にくるまれて柔かく響いた。

おすまが不愉快になるのは、こんな時だった。

木戸番は、町から出る手当では暮らしてゆけないので、女房が蠟燭《ろうそく》や手拭《てぬぐ》いや、浅草紙《あさくさがみ》や草鞋などの雑貨を売っている。その利益など、たかがしれている筈《はず》だった。おすまより、貧しい暮らしをしているにちがいないのである。ところが、お捨には、あくせくしたところがまるでなかった。話に聞けば、貧乏のさなかに娘を死なせたり、苦労もしてきたらしいのだが、その翳《かげ》が微塵《みじん》もないのだ。

亭主に甘ったれているからだ。

そう思う。

子供を亡くしたって、貧乏暮らしをしていたって、亭主が木戸番をしているうちは、食いっぱぐれがないもの。自分で自分の面倒をみなければならないわたしとは違うのさ。

お先に——と挨拶をして、お捨が上がっていった。

おすまは、少しの間、小桶《こおけ》の中の手拭いを見つめていた。

やはり、話相手はおもんしかいない。

お捨に言われるまでもなく、おすまももっと頻繁《ひんぱん》におもんと会いたかった。唐津屋の仕着せのほかに近所からの頼まれ物も安く縫っているので始終いそがしかったが、おもんとのお喋りは仕事の邪魔にならず、むしろ、助けとなる筈だった。嘘《うそ》と事実をつきまぜて、思いきり昔話をした半月前の日の夜は、面白いように針が動いたのである。ぼんやりとして箆《へら》を間違えたり、針で指先を突つくようなことは決してなかった。

が、月に一度会おうと言い出したのは、おもんの方だった。息子夫婦と一緒に暮らせぬわけがあるらしいおもんが、月に一度でいいと言っているのに、養い子になる約束の甥がいるおすまが、もっと頻繁に会いたいとは言い出しにくかった。

おすまが黙っていたので、おもんは、その日からきっかり一月後《ひとつきご》の四月五日にたずねてくると言って、帰って行った。いいと言うのに、重箱の煮〆も握りめしも、袂《たもと》に入れていた菓子までも置いていった。ひさしぶりに心ゆくまで昔話をしたと、おもんも上機嫌だった。

四月五日には、死んだ亭主の惚気《のろけ》を聞かせてやろうと、おすまは思っている。夫は酒も飲まず煙草《たばこ》も吸わず、博奕《ばくち》は無論のこと、女遊びに目を向けたことさえなかった。唯一《ゆいいつ》の楽しみは、当時急激にふえていた寄席《よせ》へ出かけて行くことで、それも三度に二度はおすまが一緒だった。あとの一度は、浄瑠璃《じょうるり》や落咄《おとしばなし》を聞いて夜更《よふか》しをするより眠った方がよいと、おすまがついてゆかなかったのである。

亭主の女房思いは天下一だったと、おすまは言ってやりたい。花見へ行こうと男に誘われたらしいおもんに負けてはいられないのだ。

おすまは、もう一度、衿首《えりくび》を糠袋《ぬかぶくろ》でこすった。

四月五日だった。

薄雲が広がって、胴着を着たいような肌寒さだったが、雨の心配はなさそうだった。おもんも、この程度の空模様なら億劫《おっくう》がらずに出かけてくるだろうと思った。

おすまは、朝早くから起きて掃除をし、湯を沸かしておもんを待った。手足の爪先《つまさき》までそわそわして、針仕事などできるわけもなく、そのくせ思いきって針箱をしまうこともできずに、幾度も針で突ついては血のにじむ指先を舐《な》めていた。

どぶ板を踏む足音が聞こえるたびに、動悸《どうき》が激しくなる。

足音が軒下でとまって、案内を乞《こ》うおもんの声が聞えたら、何と答えよう。待っていたんですよ――と土間へ飛び降りるか、針箱と反物をほんの少し部屋の隅へ押し寄せて土間へ降り、鷹揚《おうよう》な微笑を浮かべて戸を開けるか。

いずれにしても座敷に上がってもらって、茶を淹《い》れる。ふと気がつくと、茶菓子を買うのを忘れていた。おいちゃねじがねはあるが、一月《ひとつき》ぶりにたずねてくる客に駄菓子をすすめる者もいないだろう。

おすまは外へ飛び出した。

約束の日に出かける人が、菓子を買いに行っている留守におもんがたずねてきて、両隣りに、客が来たら家でもないものだと、腹を立てて帰られたら困る。おすまは、両隣りに、客が来たら家で待ってもらってくれと頼み、路地で遊んでいる子供達にも同じことを頼んだ。

それでも手違いが起こりはしないかと駆け足になった。右隣りは子供が生れたばかりだし、左隣りの女房は始終絵草紙屋へ油を売りに行っているし、子供達はいつまでも狭い路地で遊んではいない。

羊羹《ようかん》を買い、饅頭《まんじゆう》を買い、煎餅《せんべい》も買った。途中ですれちがった蕎麦《そば》屋には、あとで蕎麦を頼むかもしれないと声をかけた。

おすまは、額に汗を浮かべて戻ってきた。来ているかもしれないと、少しばかり好きだった男のいた娘の頃のように心がときめくのを、深い呼吸で鎮《しず》めて、ゆっくりと戸を開ける。

誰もいなかった。座敷はおすまが出かける時のままで、縫いかけの木綿の着物が針箱に寄りかかっていた。

おすまは、両隣りをたずねた。右隣りのおとくは眠っている赤児《あかご》のそばで、上の子供の着物をほどいていて、左隣りのおつねは、売れ残りを貰ってきたらしい錦絵で、唐紙の破れをふさいでいた。

誰も来なかったと女達は言った。おとくは、「時分《じぶん》どきだから、もう少したってから来なさるんでしょう」とこともなげに言い、おつねは、「出入口の戸を開けて、路地の人通りを見張っててあげたんだよ」と恩着せがましかった。路地から長屋の木戸口に遊びの場を移していた子供達も、知らない人は来なかったと口を揃《そろ》えた。

おすまは、不安になった。おもんは約束を忘れたのだろうか。それとも、息子が孫を連れて遊びに来たので、約束を破る気になったのだろうか。

九ツ（十二時頃）の鐘が鳴った。遊んでいた子供達が、昼の御飯に呼ばれて左右に散って行った。

おすまは、立ち上がりかけて、また腰をおろした。七ツ半に起きて、掃除にとりかかる前に茶漬けを流し込んだだけなので、空腹の筈なのだが、食べようという気持が起こらない。蕎麦をおもんと食べる光景が、目の前にちらついた。一人きりではない食事など、ひさしぶりのことだった。

鉄瓶の湯がさめていた。

おすまは、七輪を抱えて路地へ出た。

遊び飽きたのか、仲間はずれにされたのか、四歳になるおとくの子が、かまってもらいたそうに七輪の前へ蹲《うずくま》り、おすまが火をおこすのを眺めている。肩を突ついてやると、待っていたように小さなこぶしを振った。その着物の袖付《そでつけ》がほころびている。おすまは、小さなこぶしを両の掌《てのひら》で受けとめた。

「正ちゃん、ちょっと小母《おば》ちゃんとこにおいで。そこ、縫ってやろう」

湯も沸いてきたので、おすまは七輪の火を消した。正太は、喜んでおすまのあとについてくる。

裸にした子に自分の浴衣《ゆかた》をかぶせ、ついでに頬ずりをしてやった。赤ん坊の弟に母親を奪われている正太は、甘えた笑い声をあげておすまにすがりついてきた。

滑《なめ》らかな頬を撫《な》でてみたり、いたずらをする小さな手を軽く叩《たた》いたり、正太と遊んでいる間は、おすまもおもんとの約束を忘れていた。が、ほころびを縫い終えた着物を着せてやり、煎餅を食べさせているところへ母親の呼ぶ声が聞えてくると、正太は、ためらいもなく立ち上がった。

「何だ、おすまさんのとこにいたのか。ちゃんとご馳走《ちそう》さまって言ったかえ?」

「うん――」

小さな草履を突っかけて路地へ飛び出してゆき、弟の玩具《おもちゃ》をこわしただろうという母親の叱言にかぶりを振っている。叱られても殴られても、おすまより母親の方がよいのだ。明日の朝には、ほころびを縫ってもらったことも、煎餅を食べさせてもらっ
たことも忘れているだろう。
正太が開け放していった戸の間から、いつの間にか夕闇《ゆうやみ》が入り込んで、家の中をひ
んやりと薄暗くしていた。
おもんは来ない。
おすまは、菓子鉢の中の饅頭を見た。汗をかき、息を切って買って来た饅頭だった。
姿を見せない食べ手のかわりに、土間へ叩きつけてやりたかった。
何が、月に一度会って思いきり昔話をしよう――だ。何が、同じ年頃の人間でなけ
れば話が通じない――だ。今頃おもんは、息子や嫁にかこまれて、「若い人はいいね
え」と喜んでいるのだろう。
おすまは、手拭いと糠袋をとった。湯屋へ行って、腹立たしい気持も洗い流して来
ようと思った。
だが、もし、湯屋へ行っている間におもんが来たらどうしよう。急用のできたおも
んが、いそいで用事を片付けて、息せききって駆けて来るかもしれないではないか。
いそいで用事を片付けたのにおすまが留守では、おもんも怒るにちがいない。土産

の鮨《すし》を土間に叩きつけて帰るかもしれず、とすれば、連れあいをなくした一人暮らしで、同じ年頃の話相手をなくしてしまう。

おすまは、手拭いと糠袋をもとの場所に戻した。針箱を引き寄せて、縫う気もない反物を膝《ひざ》の上に広げてみた。

家の中の夕闇は、次第に濃くなった。どぶ板を踏む足音がしたので路地へ飛び出したが、おつねの亭主が普請場《ふしんば》から帰って来たのだった。驚いておすまを見つめる男に、言訳けにならぬ言訳けをして、おすまは家の中に戻った。

おとくが、正太のほころびを縫ってもらったお礼にと、生節《なまり》と筍《たけのこ》の煮つけを持ってきた。灯《あか》りもつけずに坐《すわ》っているおすまを見て、「お客さん、来なさらなかったねえ」と言う。少し油を売ってゆくつもりか、上り口に腰をおろした。

「丼《どんぶり》をうつしておくんなさいな。今、持って帰るから。――あら、空っぽで返しておくんなさいったら」

おとくは、丼と一緒に渡された饅頭を、軽くおしいただいてみせた。

「お客さんって、この間みえなすった人でしょう」

おすまはうなずいて、眉《まゆ》をひそめてみせた。

「伜《せがれ》がいるのに、一人暮らしなんですとさ。淋しくってしょうがないと言いなさるからね、わたしもこの通りの一人暮らしだから、遠慮なくおいでなさいと言ってやったのに」

「伜さんは、おっ母《か》さんをひきとれないほど貧乏なんですかねえ」

「塗師屋《ぬしや》だって言ってなすったけど」

「腕が悪いのかねえ。おすまさんのご亭主とは、えらい違いだ」

「おや、とんだところで褒《ほ》められたね、うちの亭主も」

おすまは、嬉《うれ》しそうに笑った。

「いつも同じことを言うようだけど、うちの亭主に限らず、昔の職人は腕がよかったのさ」

「うちのも、そう言っていたっけ」

「それがわかっていなさるから、おとくさんのご亭主は腕が上がるのさ。そりゃね、うちの亭主なんざ、固いだけが取得のように言われていたけど、それでも今の経師屋に比べたら、まるで違うよ。今は、うっかりしたのに頼むと、唐紙がガタピシしちまうだろう？　昔の職人は、みんな、腕を磨くのも楽しみにしていたからねえ……」

おすまが喋《しゃべ》り出すと、おとくは腰を浮かせた。おすまは、気がつかずに膝から反物をおろして身をのりだす。

「表具もできたんだよ。おとくさんにも見せたかったたねえ。安物だけど、掛軸が何本かあったのさ。ここへ引越して来る時に、二束三文で売り払っちまってね……」

「ちょいとご免なさい。赤ん坊が泣いているようだ」

おとくは、おすまの言葉を遮って立ち上がった。おすまは、ようやく喋り過ぎたことに気がついた。耳をすましても、赤ん坊の泣き声は聞えなかった。

おもんだったら、最後まで聞いてくれたと思う。おすまの話を横取りして、自分の思い出話を長々とする時もあるが、それでも話の腰を折って立ち上がることはない。喋りたかった。思う存分、喋りたかった。なのに、おもんは約束を破った。

薄れかけていた情けなさが、胸を突き上げた。

おすまは、灯りもつけずに茶碗《ちゃわん》へ御飯をよそった。湯も沸かさず、干物も焼かなかった。

おとくがくれた筍を頬ばっては、御飯のかたまりを口の中へ入れる。筍の味も、御飯の味もわかりはしない。大粒の涙が流れてきて筍や御飯をぬらし、おすまは、泣き声を洩《も》らしそうになる口の中へ夢中で筍を押し込んだ。

永代寺門前に住んでいるおもんとのお喋りより、近所の女達の親切の方がどれだけ有難いかは身にしみてわかっていた。おすまが病んだ時、親身に面倒をみてくれるのも、近所の女達にちがいなかった。

だが、おすまが息絶えた時、おすまの死を悲しみ、もっと生きていてくれと叫ぶのはおとくやおつねではなかった。おすまにはわかる。おもんにとっても、思う存分昔話ができるのは、おすましかいない筈《はず》なのだ。おすまがおもんといる時に、優しい妹と伯母思いの甥《おい》にかこまれた幸せな女になれるように、おもんも、親孝行な息子と嫁をもった幸せな母親になれるのだ。おすまの亡骸《なきがら》にとりすがり、もっと生きていてくれと叫ぶのは、おもんしかいない。

それなのに、おもんは来ない。

ばか、唐変木《とうへんぼく》、すっとこどっこいめ。

筍と御飯を押し込んだ口が、とうとう大きく歪《ゆが》んで、おすまは泣き声をあげた。若いと言われる頬がたるみ、目尻《めじり》にも皺《しわ》が出て、六十を過ぎた女のようになった顔を、涙が容赦なく汚していた。

その翌日、おすまは菊乃湯《きくのゆ》で木戸番小屋のお捨に会った。気づかぬふりをしていたかったのだが、お捨は愛想よく挨拶《あいさつ》をし、二人の間にいた女が、きかさぬでもよい気をきかしてお捨に場所をゆずってくれた。

「よろしゅうございましたね、昨日は」

お捨は、糠袋で衿首をこすりながら言った。

「ちょっと寒うございましたけれど、雨が降らなくって」

「ええ、お蔭で洗濯ができました」

おすまは、無愛想に答えた。お捨は驚いて目をしばたたいたが、「お友達は？」と尋ねた。おずおずとした口調だった。

「お友達ですって？」

おすまは、おか湯を汲《く》みながら首をかしげた。

「何のことだろう」

「あら、おみえにならなかったんですか」

お捨は目を見張った。

「あんなに楽しみにしておいでだったのに」

「ああ、おもんさんのこと――」

おすまは、ひきつりそうな頬を糠袋でこすった。

「わたしも忘れていたけど、向こうも忘れたようですよ」

お捨は口を閉じた。横目で見ると、糠袋を頤《あご》に当てて考え込んでいる。おすまは、黙って軀《からだ》を洗いはじめた。

「おすまさん——」

と、しばらくたってからお捨が言った。

「少し変じゃありませんか」

「何がです？」

「だって、昨日の約束を、おすまさんはあんなに楽しみにしておいでだったじゃありませんか。おもんさんが楽しみになさらない筈はありませんよ」

「さあ、どうですかねえ」

「あの、おもんさんのお住居《すまい》は、永代寺門前でしたね」

「ええ。でも、詳しいことは知らないんですよ」

「お節介で申訳ないけれど」

と、お捨は、手を合わせて詫《わ》びるような恰好《かっこう》をした。

「わたしが、おもんさんをおたずねしてもいいかしら」

「そりゃかまいませんけれど」

おすまは、多少呆《あき》れてお捨を見た。笑兵衛がいるのだから、話相手を探さなくともよさそうなものだと思った。おすまに見つめられて、お捨は恥ずかしそうに身をすくめ、ふっくらとした軀を湯舟の中へ沈めに行った。

お捨がおすまの家をたずねて来たのは、その翌々日のことだった。

「お誘いに来たのですよ」

と言われて、おすまは針箱をふりかえった。

昨日も始終ぼんやりとしていて、片袖を縫っただけで日が暮れた。その上、片付けようとして気がつくと、待針《まちばり》を縫い込んでいた。ほどいて待針を出して、そのまま夕飯にして床に入ったので、結局、一日中何もしなかったことになる。お捨がおもんを探しあて、おもんに、おすまがそんなに会いたがっているのなら暇をつくって話をしてやってもいいと言われてきたのなら、誘いを断って仕事をしていたかった。

「でも、ぜひ一緒に行っていただきたいんですよ」

常に似ず、お捨は強引だった。おすまは、溜息《ためいき》をつきながら着物を着替えた。

永代寺の門前は茶屋町で、表通りと言わず裏通りと言わず、料理茶屋が軒を連ねている。桜の季節も終り、さすがに今の時刻から料理屋に上がろうという者はいず、町《まち》中《なか》は閑散としているが、八幡宮への参道は、四方の町から集まる善男善女で賑わっていた。

お捨はまだためらいがちに歩いているおすまの手を引いて早足になった。一の鳥居をくぐり、参詣客《さんけいきやく》をかきわけて進み、暗い水をたたえた入り堀の角《かど》を曲がる。永代寺の裏で十五間川《じゆうごけんがわ》と名を変える油堀《あぶらぼり》からの入り堀で、その右手は山本町だった。おもんは永代寺門前としか言わなかったが、山本町に住んでいるらしい。よくお捨が探し当てたものだった。

お捨は、黙って裏通りに入った。間もなく油堀に突き当るというところまで歩いて、右側を指す。柱が灰色に変わっている長屋の木戸があった。

ここ？――

目で尋ねると、お捨も黙ってうなずいた。

おすまは、先に木戸を入った。どぶ板も腐っていて、踏みぬいた跡がある。路地の両側に四軒ずつの八軒長屋で、猫の額ほどながら庭もついているらしく、おすまの住んでいる長屋より狭苦しい感じはないが、何年前に建てたものなのか、軒が傾《かし》いでいるように見えた。

おすまがあたりを見廻していると、お捨が「そこ――」と、小さな声で言った。右側の三軒目の家だった。

表戸の障子に破れもなく、盥《たらい》や洗濯板もきちんと家の中にしまってあるのだが、軒下には蜘蛛《くも》の巣が張り、障子の桟《さん》には埃《ほこり》が積もっている。いやな予感がして、おすまは急いで戸を開けた。

熱のにおいが鼻をついた。座敷の真中に床が敷かれ、おもんがその中にいた。

「おもんさん――」

おすまは、お捨のいることも忘れて駆け寄った。

「どうしたのさ。だらしがないじゃないか」

知らぬ間に、昔馴染《なじ》みに会ったような言葉で話しかけていて、懐《なつか》しい人にようやくめぐり合えたような涙がこぼれてきた。

「勘弁しておくれよ」

おもんも、高い熱に息をはずませながら親しげに言った。

「風邪をこじらせちまってさ。ずいぶん待っててくれたんだってね」

「そうさ。来られないのなら、伜さんにでもことづけを頼みゃいいじゃないか。そうしたら、すぐに見舞いに来られたのに」

「それも、勘弁しておくれよ」

おもんは弱々しく笑った。

「伜なんざいやしない。知らせようがなかったんだよ」

「一人ぼっちだったのかい、おもんさんも」

おすまは遠慮なく涙をこぼしながら、おもんの涙を拭《ぬぐ》った。おもんの涙も際限がなかった。

「家《うち》ん中《なか》を見てごらんよ。何もありゃしないだろ。着物をとっておいても、くれてやる娘はいない。金足《きんあし》の簪《かんざし》だって、おっ母さんのかたみだと眺めてくれる者はいやしないよ。そう考えると、何もかもばかばかしくなっちまってね」

「わかるよ。わたしの家だって、空《から》っぽだもの」

「でも娘が一人いたんだよ。娘の亭主が塗師屋で、これはいい職人なんだけど、肝心の娘が死んじまってさ。娘の亭主は後添をもらっちまったから、わたしとは縁遠くなっちまったわね。何とか暮らしてゆけるだけのものは届けてくれるけど、おすまさんが羨《うらやま》しいよ」

「ご免よ。わたしの甥っ子も嘘《うそ》だったんだよ」

おもんは、おすまと顔を見合わせて苦しそうに笑った。

「待っといで。今、つめたい水を汲んでくるから」

「すまないねえ」

「何を言ってるのさ。友達じゃないか」

おすまは、手桶《ておけ》をさげて路地へ出た。井戸は、木戸の右横の仕舞屋《しもたや》にあるという。水を汲みながら、おすまはお捨に誘われて出かけて来たことを思い出した。あわてて路地に戻り、お捨を呼んだが、奥の家から子供が顔を出しただけでお捨の返事はなかった。

木戸番小屋の横をその枝川が流れてゆく仙台堀は、途中から二十間川《にじっけんがわ》と名が変わる。澪通《みおどお》りをはさんで向かい側にある自身番屋《じしんばんや》の裏手には、大島川が流れているが、この川を二十間川と呼ぶ人もいた。

自身番屋の横の新地橋は、享保《きょうほう》十九（一七三四）年に、はじめて大島川にかけられたという。橋の向こうの突出新地《つきだししんち》は、昔、海の中の小島で、波に洗われては崩れていた越中島の西南を埋め立てたところで、今では五明楼《ごめいろう》、大栄楼《だいえいろう》、百歩楼《ひゃつぽろう》などの妓楼《ぎろう》が軒をつらね、江戸でも屈指の遊び場となっている。

自身番に交替で詰めている差配《さはい》の弥太右衛門《やたえもん》は新地橋の上でのびをして、それから手をうしろに組んで澪通りを横切った。定廻《じょうまわ》り同心の来る時刻には間があるので、木戸番の笑兵衛《しょうべえ》に、将棋の勝負を挑むつもりだった。

「笑さん、起きているかい」

声よりも先に小屋へ入った弥太右衛門は、笑兵衛と鉢合わせしそうになって軀を横にひねった。うまく避《よ》けたつもりだったが、ひねった軀を足が支えきれず、今にも転びそうにのめって、壁に突き当って止まった。

賑《にぎ》やかな笑い声が聞えた。

見ると、一間《ひとま》しかない部屋を三人の女が占領している。一人はお捨だが、あとの二人は見知らぬ女だった。

弥太右衛門は会釈《えしやく》とも照れかくしともつかぬ挨拶をして、笑兵衛の袖《そで》を引いた。

「何だい、ありゃ」

「友達さ」

「え？」

「月に一度、どこかの家に集まって、思いきり喋《しやべ》りまくるんだとさ」

「へええ」

「お蔭でこの通りだよ」

笑兵衛は、抱えていた風呂敷包《ふろしきづつ》みの端を開けて見せた。枕《まくら》が入っていた。

「裏の炭屋さんの二階で、寝かせてもらうことにした」

「おっそろしい話だね」

笑兵衛は、笑いを嚙《か》み殺《ころ》しながら弥太右衛門を外へ連れ出した。

「覚悟しな。弥太さんの顔を見たから、きっと、弥太さんのおかみさんをお捨が呼びに行くよ」

「ちょっと待ってくんなよ」

「お捨に言いな」

「うちの婆《ばあ》さんが、友達って柄かよ。もっとも、お捨さんのほかは婆さんのようだが」

「うちのも立派な婆さんさ。炭屋のおかみさんも、子供が手習いから帰って来たら顔を出すと言っていたよ」

「ぶるぶる」

弥太右衛門は、大仰《おおぎょう》に震えてみせた。

「うちの婆さんが、今日はお友達に会うからと、めかしはじめたらどうするえ？　考えただけでも、ぞっとするよ」

「もう遅いよ」

笑兵衛は、腹を抱えて笑い出した。お捨が忙《せわ》しげな足どりで、木戸番小屋から出てくるところだった。

「弥太右衛門さん、おかみさんはお家ですか」

「へえ、おりますよ」

「ちょっと来ていただいてもよろしいでしょう？」

「どうぞ、どうぞ」

「よかった――」

お捨は、胸を撫《な》でおろしてみせて駆けて行った。

「くそ――」

弥太右衛門は、お捨の後姿にこぶしを振りまわした。これほど美しい人はいないとお捨に感服しきっているので、お捨に頼まれると首を横に振れず、愛想笑いまで浮かべてうなずいてしまったのが、我ながら情けないらしい。

「何とかしてくんなよ、笑さん」

笑兵衛は、まだ笑っている。

「笑さん――」

「放っときなよ。こっちはこっちで、将棋でもさすことにしようじゃないか。呼べば、豆腐屋の金兵衛さんも来るよ」

笑兵衛は、お捨が、大切にしていた紬《つむぎ》の着物を袖なし羽織に仕立て直したのを覚えている。三、四年前のことだった。派手になってしまったから——と言っていたが、お花が生きていたら喜んで横取りをしただろうし、お捨も、何でもかでもわたしの物を持ってゆくと溜息をつきながら嬉《うれ》しそうな顔をしていたことだろう。着物に鋏《はさみ》を入れる時は、どんな気持だったのか。そういえば、澪通りへ来て間もなく買った錦絵も、先日、枕屏風《まくらびょうぶ》の破れに貼《は》ってしまった。とっておいても、しようがないと思ったのだろう。

「しようがないなあ。それじゃ、こっちも金兵衛さんを呼んでくるか」

卯《う》の花曇りの季節だが、今日はよく晴れている。

あとのない仮名

山本周五郎

山本周五郎（やまもと・しゅうごろう）

一九〇三年、山梨県生れ。横浜市の小学校を卒業後、東京木挽町の山本周五郎商店に徒弟として住み込む。二六年、『須磨寺附近』が「文藝春秋」に掲載され、文壇出世作となった。四三年、『日本婦道記』が直木賞に推されるも、受賞を固辞した。主な著書に『樅ノ木は残った』『赤ひげ診療譚』『さぶ』『人情裏長屋』『風流太平記』などがある。六七年死去。

一

源次《もとじ》は焼いた目刺を頭からかじり、二三度嚙《か》んでめしを一と箸《はし》入れ、また二三度嚙み、こんどは大根の葉の漬物《つけもの》を一と箸加え、それらをいっしょにゆっくりと嚙み合わせた。――お兼《かね》はつけ板に両肱《りょうひじ》をのせ、頰杖《ほおづえ》をついたまま、源次の喰《た》べるのを見まもっていた。

「あたし、ね」とお兼が云《い》った、「男のひとがそういうふうに、目刺なんか頭からがりがり喰べるの、見ているだけで好きだわ」

源次は味噌汁《みそしる》を啜《すす》って、嚙み合わせたものを吞《の》みこんだ。そして次の目刺をまた頭からかじり、二三度嚙んでめしを一と箸入れ、二三度嚙むと漬物を一と箸加え、それらを口の中で混ぜて、さもうまそうに嚙み合わせた。魚の骨を嚙み砕くいさましい歯の音とともに、彼のばねのようにひき緊《しま》った頰の肉が、くりくりと動いた。お兼はその健康な頰肉の動くのを、さも好もしそうに見まもった。

「でもへんね」とお兼がまた云った、「いつも思うんだけれど、そんなにいろいろな物をまぜこぜに入れて、一遍に喰べてうまいかしら、味がごちゃごちゃになっちゃって、どれがうまいのかまずいのか、わからなくなっちゃうじゃなくって」

「おやじに小言を云われたもんだ」と云って源次は味噌汁を啜った、「小さいじぶん番たびどなられたっけ、魚を喰べるときは魚、こうこを喰べるときはこうこ、汁は汁と、ひと品ずつで喰べろ、これでもうちの先祖は侍だったんだぞ、ってな」

「あら」お兼は頰杖から身を起こした、「あんたのうちお侍さんだったの」

「どうだかな、おらあ知らねえしおふくろも信用しちゃあいなかったらしいが、おやじはいつもそう云ってたっけ——源《もと》、御先祖の名をけがすようなまねをするんじゃあねえぞ、ってな」

古ぼけた小さな店だ。鉤《かぎ》の手につけ台をまわし、空樽《あきだる》に薄い座蒲団《ざぶとん》をのせた腰掛が、それに沿って七つ置いてある。つまり客は七人が限度ということで、つけ板の中も狭く、女主人のお兼一人でも、そこへはいれば自由に身動きができないくらいであった。——うしろに皿小鉢《こばち》や徳利などを入れる戸納《とだな》があり、その右手に三尺寸詰りの一枚障子があって、奥にお兼の寝間があるらしい。また、酒の燗《かん》をする銅壺《どうこ》や、肴《さかな》を煮焼きする焜炉《こんろ》その他、手廻《てまわ》りの物はつけ板の蔭《かげ》に置いてある。低い天床板《てんじょういた》は煤《すす》けて、雨漏りの跡がいっぱいだし、左右の壁は剝《は》げたので、板を打ち付けて保《も》たせてある、ということが一と眼《め》でわかった。——お兼のうしろの戸納の上には、白木の小さな神棚《かみだな》を中心に、まねき猫《ねこ》や飾り熊手《くまで》などの縁起物が、埃《ほこり》にまみれてごたごたと並べられ、その壁には成田山や秋葉山、川崎の大師などの、災難除《よ》け火除けの札がべたべた貼《は》りつけてある中に、「御利生様《ごりしよう》」と手書きにした大きなお札が三枚、とびとびに貼ってあった。

「よくはいるわね」お兼は幾度めかの茶碗《ちやわん》にめしをよそいながら云った、「これでもう五杯めよ」

「半分でいい、茶漬にするんだ」

「じゃあお茶を淹《い》れるわ」

「湯でいい、このこうこがうめえから、仕上げにざっとかっこみてえんだ」

「あたし漬物は自慢なのよ、漬物なら誰にも負けない自信があるわ、死んだおっかさんは面倒くさがって、いつも漬物屋から買ってばかりいたの、糠《ぬか》みそでも塩漬でも、出すときの匂《にお》いがいやだって、ほんとはそんなことをするのが面倒くさかったのね、おとっつぁんはいつも嘆いてたわ、世帯《しよたい》を持ってうちのおこうこが喰べられないなんて、世も末だなあって、——だからあたし十五六のころから、おかのさんのおばさんに教わって、漬物のやり方を覚えたのよ、ほら知ってるでしょ、屋根屋の徳さんちのおかのさん、あのおばさんの糠みそには秘伝があるんですってよ」

「ああ食った」と云って、源次は茶碗と箸を置いた、「これで大丈夫だ、酒にしよう」

「いまつけたわ」とお兼が云った、「あんたは変ってるのね、ごはんを喰べてっから飲むなんて人、あたし初めて見たわ」

「酒飲みじゃねえからだろう、おらあ酒はそう好きじゃあねえんだ」

お兼は源次の喰べたあとを片づけ、燗のぐあいをみて「もうちょっとね」と云い、身を起こして源次の顔をみつめた。

「ねえ」とお兼は囁《ささや》いた、「浮気をしない」そして恥ずかしそうに肩をすくめ、ちらっと舌を出した、「こんなことを云うと嫌《きら》われるかしら」

「おれあ女房と二人の子持ちだぜ」

「どうかしら」お兼は媚《こ》びた眼つきで、首をかしげながら頬笑んだ、「としからいえばその筈《はず》だろうけれど、あんたは世帯持ちのようにはみえないわ、口でここがこうだからとは云えないけれど、世帯持ちにはどこかしら世帯持ちの匂いがするものよ」

「おれの友達に福っていう」と云いかけて突然、彼は奇声をあげながら腰掛からとびあがった、「――ああ吃驚《びつくり》した、ちくしょうめ」彼は自分の足許《あしもと》を覗《のぞ》きこんだ、「いきなりとびだして、おれの足を踏んづけてゆきあがった、ああ吃驚した」

お兼は笑った、「臆病《おくびよう》ねえ、鼠《ねずみ》でしょ」

「らしいな、ちくしょう」源次は土間の左右を眺《なが》めまわしてから、大きな息をつきながら腰をおろした、「こっちの足からこっちの足を、さっさっと踏んづけてゆきあがった、なにもおれの足を踏んづけなくったって、土間にはたっぷり通る余地があるんだ、野郎、初めからおれをおどかすつもりだったんだな」

悪いのが一匹いるのよ、と云いながら、お兼は燗徳利と大きな盃《さかずき》をつけ板の上へ出し、摘《つま》み物の小皿と箸を並べた。

「いつかなんかあたしが寝ていたら、顔を踏んづけていったわ」

「顔って」源次は眼をそばめた、「おめえの、その顔をかい」

「この顔をよ、あたしとび起きちゃったわ」

源次は唸《うな》って云った、「そいつはぶっそうだな」

「それに懲《こ》りてさ、あたし冬でも寝るときには、ここから上だけ枕蚊屋《まくらがや》へはいるの」

お兼は胸から上へ手をすりあげてみせた、「――いまのもきっとそいつよ」

「なめてやがるんだな、人間を」源次は酒を啜って、ふと眼をあげた、「いまなんの話をしていたっけ」

「え、ああそう、世帯持ちの話だったわ、世帯持ちか独り身の人かは勘でわかるって」

「ところがそうじゃねえ、おれの友達に福っていう男がいるんだ、こいつはおれとおないどしで、いまだに独り身なんだが、どこへいっても世帯持ちだと云われる、かみさんに子供が五人ぐらいはいるってさ、ひとめ見ればわかるって、どこへいっても云われるんだ」

「損な人柄《ひとがら》なのね」とお兼が云った、「あたしもよく云われるわ、旦那《だんな》持ちで隠し子があるんだろうって」

「そうじゃあねえのか」

「あんたまでがそんな」お兼は片手をあげて打つまねをし、源次をにらんだ、「――亭主や子供がいるのに、浮気をしましょうなんて云えると思って」

「暮れてきたぜ、提灯《ちょうちん》を出すんじゃねえのか」

休んじゃおうかしら、とお兼が云ったとき、店の障子をあけて客が二人はいって来た。済みませんいま灯を入れますと云って、お兼はまず吊《つ》ってある小ぶりな八間《はちけん》をおろし、油皿の灯心に火をつけ、それを吊りあげると、「梅八」と店の名を書いた軒提灯にも火を入れて、表の障子をあけ、軒先に掛けた。――二人の客は源次からはなれて腰を掛け、陽気に話しだしていた。一人は四十がらみ、一人は三十二三。二人とも職人ふうで、話しぶりは歯切れがよく、しかもおちついていて、がさつな感じは少しもなかった。源次はかれらをちょっと見ただけですぐに顔をそむけ、手酌《てじゃく》で酒を啜りながら、聞くともなく二人の話を聞いていた。

お兼は酒の支度をし、摘み物の小皿や箸を揃《そろ》え、二人の前に掛けて、あいそを云いながら酌をした。

「よくあるやつさ、苦しいときの神だのみってな」と若いほうが話し続けていた、「――ふだん信心をしている者なら、神や仏も願いをきいてくれるだろうが、神棚も放《ほ》ったらかし、念仏をいちども口にしたこともないやつが、苦しまぎれに神仏だのみをしたって、神仏としても相談にのるような気分にはなれねえだろう」

「市公の話なら聞いた」と四十がらみの男が云った、「あんなに運の悪いことが重なれば、神や仏にもすがりたくなるのは人情だろうな」

「そんなてめえ勝手なこって、御利益《ごりやく》のあるわけはねえって、みんなせせら笑っていたし、おれもそのとおりだと思った、ところが、そうでもねえんだな」と若いほうの男が酒を飲んで云った、「井戸掘りの久さん、あのじいさんが云ってた、たとえ苦しまぎれにでも神仏を頼みにするのは、その人間にほんらい信心ごころがあるからだって、まるっきり信心ごころのない者なら、神仏にすがるということにさえ気がつかないだろうってな」

「なるほど、ものは考えようだな」
「火のないところに煙は立たないって、――こんなところに使うせりふとは思わなかったが、じいさんはまじめにそう云ってたっけ」
「おいおかみさん」ととし嵩《かさ》の男が、摘み物の小皿を箸で突つきながら云った、「また鯊《ごり》の佃煮《つくだに》かい、いくら突出しだからって、たまには眼さきの変った物にしても、損はねえだろうと思うがなあ」
「そんなこと云うもんじゃないわよ」とお兼は酌をしながらたしなめた、「ひとくちに佃煮って云うけれど、魚をとる漁師だって楽じゃないわ、冷たい風や雪や、みぞれにさらされながら、こごえた手足でふるえながら獲《と》るのよ」

二

「はいお一つ」お兼は若いほうの男に酌をしてから続けた、「そしてその魚を佃煮にするんだって、ちょろっかなことじゃ済まないわ、火のぐあいから味かげんや煮かげん、どうかしてよその店に負けないように仕上げようと、幾人も幾十人もの職人さんたちが、いっしょうけんめいにくふうを凝らしてるのよ、それだけじゃない、その佃煮を仕入れて売りに来るあきんどだって、とくい先をしくじらないために味の吟味もし、値段のかけひきもしたうえ、雨風をいとわず売って廻り、それで女房子を」

「わかったわかった」とその客は手をあげて遮《さえぎ》った、「わかったよ、その連中ぜんぶに礼を云うよ、――このちっぽけな鰲の一尾々々に、それほど大勢の人の苦労がかかってるとは気がつかなかった、おらあ涙がこぼれるぜ」

「帰るよ」と源次が云った、「勘定をしてくれ」

はいと答えてお兼が立って来た。そしてつけ板の蔭で銭勘定をしながら、さっきのこと本気よと囁いて、はいお釣《つ》りと、源次の手に幾らかの銭を渡した。

「またどうぞ」お兼は媚びた眼で源次をみつめながら云った、「またいらしってね、待ってますよ」

源次は頷《うなず》いて外へ出た。すっかり灯のついた横丁を、神田川の河岸《かし》へぬけてゆきながら、彼は握った手の中で銭を数え、渋い顔をして、それを腹掛のどんぶりの中へ入れた。

「浮気か、まあ当分おあずけだな」あるきながら彼は呟《つぶや》いた、「これっぱかりのはした銭で、浮気をしようもすさまじい、しかもまだ、たった五たびめじゃあねえか、しよってやがら」

源次はどきっとしたように、すばやくあたりへ眼をはしらせた。いま呟いたのは自分ではなく、誰かが自分を嘲笑《ちょうしょう》したかのように思えたからだ。彼は頭を振り、いやなことを云やあがる、と呟いた。神田川にはかなり船がはいっていて、荷揚げをしているのが二三あり、船から河岸のあたり、暗がりの中で提灯がせわしくゆらめき、人足たちの掛け声や、互いに呼びあう声がけいきよく聞えていた。

久右衛門町にかかると、その片側町は船頭や人足たち相手の、めし屋や木賃旅籠《きちんはたご》が多くなる。源次はその中の「信濃屋《しなのや》」という旅籠宿へはいった。狭い土間に洗足《すすぎ》用の手桶《ておけ》と盥《たらい》が出してあり、帳場に女主人のおとよがいた。まだ時刻が早いからだろう、客のいるようすはなかった。

「あらお帰りなさい」おとよが源次を見て云った、「どうしたの、三日も姿を見せないで、どこへしけ込んでたのよ」

「いつもの部屋、あいてるか」

「知ってるくせに」おとよは帳面を閉じて立ちあがった、「ああそうそ、お客が来て待ってますよ」

「客だって」とき返しながら、源次は警戒するように逃げ腰になった、「どんなやつだ」

「あんたのお弟子で多平とか云ってたわ」

「またか」源次は舌打ちをした、「なんてしつっこい野郎だ」

「おなかがへってるらしいから、酒を出しておいたわ、知ってるんでしょ」とおとよが云った、「まだ坊やみたような、うぶらしい可愛《かわい》い子じゃあないの」

「ばかあ云え、もう二十三だぜ」と云って源次はまた舌打ちをした、「しかし、――あいつがここを突き止めたのは、さほどふしぎじゃあないが、あいつの捜してるのがこのおれだって、どうしておめえにわかったんだ」

「女の勘さ」おとよは微笑した、「名まえも幾つか云ったけれど、こういう人柄だと聞いて、あんただということがすぐにわかったわ、あんた本当はなんていう名まえなの」

「そいつの並べた名めえの中で、おめえのいいのを取っておけよ」

おとよは源次を部屋へ案内しながら、そんなら八百蔵にきめるがいいかと云った。あいつそんな名を云ったのか。いいえ、あの人の云った中にはなかったわ。じゃあおめえの亭主かいろおとこの名だな。ばかねえ、いま森田座へ出ている市川八百蔵のことよ、横顔がそっくりだわ。くさらせやがる、と源次が云った。

「おめえにゃあうんざりだ」源次は茶を啜りながら云った、「いくらおめえがねばったって、おれの気持は変りゃあしねえぜ」

「こんどはその話じゃあねえんだ」多平は股引《ももひき》をはいた足で窮屈そうにかしこまって坐《すわ》り、両手でその堅そうな膝《ひざ》がしらを撫《な》でた、「いそいで知らせなくちゃあならねえことがあったんで、冷汗をかきながら捜し廻ってたんだ」

「そしてここで暢気《のんき》に、酒をくらってるってえわけか」

「とんでもねえ、これは違うんだ」多平は強く頭を振った、「おらあすぐにまた捜しに出るつもりだったが、ここのおかみさんが、それよりここで待ってるほうがいいだろうって、きっと帰って来るからって、そして、おれがなにも云わねえのに酒を」

「わかったよ」源次は茶を啜《すす》り、上眼《うわめ》づかいに多平の顔をみつめた、「仕事の話でなけりゃあいいんだ、それで、――知らせてえこと、っていうのはなんだ」

「親方を捜してる者がいるんだ」

「そこにこういるじゃねえか」

「おら冗談を云ってるんじゃねえんだ」多平はまじめな口ぶりで云った、「それにこれは冗談じゃあなく、親方を捉《つか》まえて野詰めにするとかなんとか、穏やかでねえことをたくらんでいるらしいんだ、ほんとなんだ」

源次はちょっと考えていた。それから、火のない火鉢《ひばち》に掛けてある鉄瓶《てつびん》を取り、ちよっと指で触ってみてから、急須《きゆうす》へ湯を注いだ。

「それはいってえなに者だ」急須から茶碗《ちゃわん》へ茶を注ぎながら、源次はさりげなくきいた、「おめえはどこでそんなことを聞いたんだ」

「根岸の親方のうちです、忠あにいとおれの知らねえ男が話してるのを聞きました、嘘《うそ》じゃねえほんとのことです」

源次は茶を啜った、「ちょうどいいかげんだ、この茶はこのくらいの湯かげんでねえといけねえ、世間のやつらは無神経でなんにも知らねえから、こんな茶にも舌を焦《こ》がすような熱湯を注ぎゃあがる」

「まじめに聞いて下さい、親方は覘《ねら》われてるんですぜ」

「茶をうまく淹れるのも、ふざけた気持でできるもんじゃあねえさ」と源次は云《い》った、「――まあ飲めよ、飲みながらもう少し詳しく話してみろ」

源次のおちついたようすにもかかわらず、覘われる理由を思いだそうとし、思い当ることが幾らでもあることに気づいて、動揺し怯《おび》えているのが、隠しようもなく眼にあらわれていた。多平はそんなことには気がつかず、源次のびくともしないのを見て、たのもしく心づよく思ったようであった。

「詳しくといわれても」多平は手酌で一つ飲んでから云った、「おらあ片づけものをしながら聞いただけで、親方の名めえを繰返すのと、ぜがひでもとっ捉めえて、叩《たた》きのめしてやるんだって、どなりたてているのが耳へへえったんです、おっそろしく怒っていきまいてました」

「どんな野郎だった、風態《ふうてい》であきんどか職人かわからなかったか」

「どうだったかな、よく見なかったけれど、とし恰好《かっこう》は親方と同じぐれえでしたよ」

と云って多平はちょっと声を低くした、「――あっしが考えるのに、女のことじゃねえかと思うんですがね」

ばかあ云え、源次は眼をそむけた。

「おらあよくは知らねえが、日暮里《にっぽり》の大親方の身内の人はみんな云ってますよ、親方の手にかかると植木もいちころだし、どんな女だってひとたまりもねえって」

「口を飾るこたあねえ、女たらし、って云ってるんだろう」と源次は渋い顔をした、「――だがみんなは本当のことを知っちゃあいねえ、女をたらしちゃあたのしんでる、さぞいい気持だろうが、罰《ばち》当りなやつだ、ぐれえにしか思っちゃあいねえらしい、おめえは鈍で、とうてい植木職としていちにんめえになれる男じゃねえが、そのおめえにもわかるだろう、たとえば柿《かき》ノ木にしたって、生《な》り年は一年おきで、次の年は休ませなければ木は弱っちまう、生り年でも実の数をまびかねえで、生り放題に生らせておけば、やっぱり木は弱っちまうもんだ」
「親方の女道楽と柿と、なにか関係があるんですか」
「女道楽だってやがら、へっ」源次はもっと渋い顔をした、「道楽ってもなあたのしいもんだ、生り年の柿、柿にゃあ限らねえ、生り物はみんなそうだが、毎年々々、生りっ放しに生らしてみねえ、木としたって面白くもなくなるだろうし、疲れて弱って、しまいには枯れちまうかもしれねえ」
「柿が生るのは面白ずくですかねえ」
「たとえばの話だ、——おれにも一つ飲ませろ」源次は多平の盃《さかずき》を取り、多平が酌をすると、薬でも飲むように、眉《まゆ》をしかめて飲み干した、「みんなは女たらしだなんて云うがな、女衒《ぜげん》かなんかなら知らねえこと、まともな人間が女にかかずらってばかりいたらどうなる、生りっ放しの柿ノ木が疲れ弱って、やがては枯れちまう以上に、男は疲れて弱って身がもちゃあしねえ、——みんなにはわからねえだろうが、おれが女たらしだとしたところで、これはそう云ったり云われたりするだけで片づくことじゃねえんだ」
「うん」多平は源次の云う意味を理解しようとして、暫《しばら》く頭をかしげていた、「——なんだか聞いていると、だんだんわからなくなるばっかりだが」

「そういうものよ」と源次は手酌で飲んでから云った、「いつだって本当の気持を話そうとすると、それがいちばんむずかしくって厄介《やっかい》だってことがわかる、とてつもなく厄介なことだってな」

「もしも親方を覗ってるやつに捉まったら、そんな云い訳はとおらねえと思いますがね」と多平が云った、「なにしろ親方のは相手の数が多いそうだから」

きいたふうなことを、と云って源次は手を叩いた。

三

源次が手を叩くと、待っていたように、中年増《ちゅうどしま》の女中が酒と肴《さかな》を持って来た。背の高い肉付きのいい軀《からだ》つきで、ちょっと頭が弱く、のっそりとして気のきかない性分だが、辛抱づよく、拗《す》ねたり怠けたりするようなことがないので、客たちみんなに好かれているという。名はおろく、としは二十六歳。彼女のおかげで信濃屋がもっているようなものだと、女主人のおとよは云っていた。

「いま持って来ようとしてたとこよ」おろくは盆の上の徳利や小皿を、踞《かが》んだまま膳《ぜん》へ移しながら云った、「お客が来はじめたから、お酌は堪忍《かんにん》してね」

「今夜は飲むからって、そう云っといてくれ」源次は出てゆくおろくのうしろへ云った、「手を鳴らしたらあとを頼むぜ」

「親方は飲めるようになったんですか」

「人は他人のことは好きなように云うさ」と源次は唇《くちびる》を片方へ曲げて云った、「四つ足であるくけだものには、二本の足であるく人間が可笑《おか》しいかもしれない、箔屋《はくや》は土方を笑うだろうし、船頭は馬子《まご》を軽蔑《けいべつ》するだろう、――自分の知らない他人のことを、笑ったり軽蔑したり、悪く云ったりすることは楽だからな」

「そのことなら、あっしはもうそらで覚えてますよ」と云って多平は手酌で飲んだ、「昔っから親方の口ぐせだったからな、まだこんなちびだったあっしまでつかまえて、繰返し繰返し、むきになってお説教したもんです」

「おめえおれをへこませようってのか」

「とんでもねえ、おらあ親方がむきになるの尤《もっと》もだと思った、なにしろ使いで根岸や日暮里へゆくと、きまって親方の悪口を聞かされましたからね、根岸や日暮里ばかりじゃあねえ、さっきも云ったとおり、身内の人たちで親方を悪く云わねえ者はねえんだから、おらあ子供ごころにも肚《はら》が立って、親方がいきまくのもむりはねえと思ったもんです、ほんとですぜ」

源次はいま初めて見るような眼つきで、多平の顔を見まもった。向うの広いこみの部屋で、客たちが食事をはじめたらしく、食器の触れあう音や、無遠慮な高い話し声が聞えてきた。多平の肉の厚いまる顔は、陽《ひ》にやけて黒く、にきびだらけで、ぎらぎらと膏《あぶら》が浮いていた。

「いきまく、だってやがる」源次は鼻を鳴らした、「おめえにはおれの云うことが、いきまくように聞えるのか」

「おらそれも尤もだって云ってるんだ」多平は眼を伏せ、声を低くした、「こんど親方を捜すのに、あっしは田原町のお宅へも寄ったんです、そうしたらおかみさんが」

「よせ、うちのことなんか聞きたくもねえ」

「おかみさんが薄情なことを云うんで」と多平は構わずに云った、「おらあ親方が気の毒になっちまった、世間の者はどうでも、子まで生した夫婦の仲なら、ちっとは親方の性分ぐれえわかってくれてもいいじゃねえかと思って、おらあ涙がこぼれそうになった」

源次はまた多平の顔を見まもり、まずそうに酒を舐《な》めて、おめえ女と寝たことがあるかときいた。多平はなにを云われたかけげせないように、眼をそばめて源次を見返したが、すぐてれたようにそら笑いをした。

「おら、女は嫌《きれ》えだ」彼はてれ隠しのように酒を呷《あお》った、「おらだけのことかもしれねえが、夫婦になると女はいばりだして、亭主を顎《あご》で使うように変っちまう、そんなのをいやっていうほど見せつけられたもんだ、叱《しか》りゃ拗ねるしぶちゃ嚙《か》みつくしって、端唄《はうた》の文句そっくりなんだ、――おら十二の年に親方の弟子にしてもらってまる八年、三年めえまでお世話になったから、おかみさんのことはてめえのおふくろよりよく知ってるが、初めのうちはこんなにきれえで気のやさしい人はねえと思った、それがいつのまにかだんだん変って、わけもなくふくれたり、つんけん人に当ったりするようになった」

親方がなにもかもいやになって、江戸で何人と数えられるほどの植木職を、惜しげもなく放《ほう》りだしちまった気持はよくわかる、自分には親方の気持がよくわかるんだ、と多平はりきんで云った。

「おれが植木職を放りだしたわけは、そんなこっちゃねえ、おめえも箔屋の眼で土方を笑うくちだ、いいか、女と寝たこともねえし女も嫌いだというおめえに、夫婦のことがわかるわけはねえ、こんなことは口にするだけばかばかしい、こんなわかりきったことを云うのは初めてだ、おめえが悪いんだぞ」

「おらあ親方のことが心配でしようがねえんだ」

源次は手を叩いた。そして急に上半身をぴくっとさせ、どこかに激しい痛みでも感じたように、顔をしかめながら短く唸《うな》った。

「どうかしたんですか」

「おれのいちばんぞっとするのは、おめえがいま云ったような言葉だ」と源次は自分のいやな回想をふり払うように、首を振りながら云った、「──あんたのためなら死んでもいい、女はどいつもこいつもそう云うさ、──おらあおめえの友達だ、おめえのことは忘れねえ、おめえのためならどんなことでもするぜ、って調子のいいときに云うのが男の癖だ、油っ紙に火がついたように、そのときは熱くなって燃えるし、その熱さはこっちにも感じられる、けれども燃える火は消えるもんだ、ええくだらねえ、またわかりきったことを云っちまった」

「親方は酔っちまったんだ」

障子があいておとよがはいって来た。盆の上に燗徳利《かんどつくり》が二本、おとよはそれを膳の上へ移し、あいている徳利を盆のほうへ取った。

「珍らしいわね」とおとよは源次に云った、「あんたがお酒を飲むなんて初めてじゃないかしら、どうかなすったの」

「おれじゃあねえこの男だ」源次は多平を見て云った、「たあ助、これを飲んだら帰れ、根岸で心配してるだろう、おれは大丈夫だ、おれのことなんかに構わず、おめえは自分のことを考えなくっちゃあいけねえ、いってえたあ助は幾つになったんだ」

「二十三です」多平は呟《つぶや》くような声で答えた。

「おれはその年にはもう独り立ちになってたぜ」

「あっしは親方の側《そば》にいてえんだ、親方もあっしのことを、いちにんまえの植木職にはなれねえと云ったが、根岸ではそれ以上で、あっしはてんからのけ者なんです」

「職を変えるんだな、どうして植木職になりてえかは知らねえが、自分をよく考えてみるんだ、人間にはそれぞれ性に合った職がある、性に合わねえ事をいくらやったってものになりゃあしねえ、ちぇっ」源次は舌打ちをした、「またこんなわかりきったことを云わせやがる、おれは説教されるほうで、人に説教するがらじゃあねえんだ」

「そんなに云うもんじゃないわ」おとよは多平に酌《しゃく》をしてやりながら云った、「せっかくあんたを捜し当てて来たんじゃないの、なんのことかあたしはよく知らないけれど、相談にのってあげてもいいじゃないの」

「客が混《こ》んできたようじゃないか」と源次が顎をしゃくった、「しょうばいは大事だ、ここにいることはねえんだぞ」

「おおこわい」おとよは肩をすくめた、「そんなふうに云うときのあんたを見ると、ぞっとするほどこわくなるわ」

「気に入らなければ河岸を変えてもいいんだぜ」

「ゆくわよ、気の短いひとね、そこがあんたのあんたらしいところには違いないけれど」と云っておとよは立ちあがり、嬌《なま》かしく微笑しながら、多平の肩へちょっと触った、「だいじょぶよ、このひと本当は気がやさしいんだから、ゆっくり飲んでらっしゃい」

酒がなくなったら手を鳴らして下さい、またあとで来ますと云って、おとよは源次をながしめに見ながら出ていった。

「いいおかみさんですね」と多平が低い声で云った、「それにきりょうよしだし、こんな旅籠《はたご》にいるのはもったいないようだ」

「おめえ女嫌いだったんじゃねえのか」

「それとこれとは違いますよ」多平はてれたように手酌で飲んでから、そっと云った、「――あの人、親方に首ったけですぜ」

「おめえは植木職にはなれねえよ」

「木の見分けはつかなくったって、人間のそぶりや眼《め》つきはわかりますよ」

「飲めよ」源次は片手を振った、「早く飲んで帰るんだ、根岸でどやされるぞ」

「根岸へは帰りません、親方を捜すのに、黙って三日も帰らなかった、あっしはもう親方の側をはなれませんからね、殺されたってはなれやしねえんだから」
「乞食《こじき》ができるか」源次はにやっとした、「おれは自分のひとり口も賄《まかな》えやしねえ、あっちでめしをたかり、こっちで銭をねだり、宿までただで泊りあるく、人の情けでその日その日をまじくなっているんだ、二人連れでできるこっちゃねえぜ」
「あっしが稼《かせ》ぐよ」多平は酔いで赤くなった顔をひき緊《し》めて云った、「おら軀も丈夫だし力だって人には負けやしねえ、たとえ荷揚げ人足をしたって、親方ひとりぐれえ不自由はさせやしねえよ、ほんとのことだ、おら本気で云ってるんだぜ」
「肚は読めてる、おめえの肚はみとおしだ」と云って源次は舐めるように酒を啜《すす》った、「泣きおとしでおれをまるめてから、植木仕事へひきずり込もうっていうこんたんだろう」
「おらあ飲む」と多平が云った、「いまおかみさんにいいって云われたんだ、今夜はつぶれるまで飲んでやる」
「酒代はめし炊《た》きでもして払うんだな、おらあ知らねえぞ」
「めし炊きぐれえ屁《へ》でもねえさ、こっちは土方だってするつもりなんだから」
「可哀《かわい》そうに、なんにも知っちゃあいねえんだな」と源次が云った、「土方や荷揚げ人足でどのくれえ稼げるか、きいてみて吃驚《びっくり》しねえほうがいいぞ」

四

おれは三十七だ。七だったな慥《たし》か、それとも八になったかな。わからねえ、どっちでもいい、おれには三十七だなんて気持はこれっぽちもねえ。二十三で日暮里の大親方から独り立ちになって、おつねと田原町で世帯《しょたい》を持った。おれの考えることやすることは、あのころとちっとも変っちゃあいねえ、変ったのはおれのまわりのものだ。世の中も人間も、町や世間も、人の気持までもどしどしどし変ってゆく。

「あいつはどうした」と源次が云《い》った、「今夜は帰っていったか」

女は荒い息をしながら、「いまそんなこと、きかないでよ」と跡《と》切《ぎ》れ跡切れに云った、「もっと身を入れてくれてもいいでしょ」

たあ助のやつはちっとも変らない、多平はおれのところへ弟子入りをしたときのまんまだ。あいつは鈍で、勘が悪くてのろまだ。ちっとも裏肚《うらはら》なく、おれを頼りにしきっている。けれどもほかにとりえはなにもない、二十三になったいまでも、弟子入りをしたときそのまま、鈍で勘が悪くてのろまだ。そいつが気持だけは十年の余も経《た》ったいま、ちっとも変っていない、というのはどう考えたらいいんだろう。

「たあ助のやつは帰ったのか帰らねえのか」と源次がきいた、「今夜は追い帰せと云った筈《はず》だぞ」

「こんなときに」と女は舌のよくまわらない口ぶりで云った、「こんなときに、へんなこと云わないで、気が散っちまうじゃないの、もっとしんみになってよ」

「それみろ、あんまり乱暴にするからだ」

「ああじれったい」女は身もだえをした、「まるっきりうわのそらなんだもの、ちっとは本気になれないの」

「ろくべえに聞えるぜ」

「さあ」女には彼の云うことは聞えなかったらしい、「さあ」と繰返した。

多平のやつは田原町へいったという。おつねも三十五になったんだろう、二つ違いの筈だからな。みつ公は十四、秀次《ひでじ》は十三か。女の荒い息がひそめたふるえる呻《うめ》きになり、波をうつように高まって、くいしばる歯ぎしりの音が聞えた。娘も伜《せがれ》も、おれのことを親と思っているだろうか。おつねはぐちを云うような女じゃあねえ、おれの悪口も、恨みがましいことも口にゃあしねえだろう。あのとき以来ぷっつりとなにも云わなくなった。だが子供たちにはわかったにちげえねえ、おれが親らしくねえ親だという以上に、両親の仲がどうなってしまったかは、この三年ですっかりわかったことだろうし、悪いのはおやじだと、いちずに思いこんだにちげえねえ。女の動作がしだいにゆるやかになり、だがときをおいて、微風のわたるような痙攣《けいれん》が、しだいに間隔《かく》をひろげながら、昂《たか》まったり鎮《しず》まったりした。かね徳の隠居も相模屋《さがみや》のでこ助も、藤吉《ふじよし》のじじいもみんなけちん坊の出来そくないだ。まともなのは岩紀の隠居と、法念寺の方丈《ほうじょう》さんぐれえのもんだろう。そうだ、岩紀の隠居には無沙汰《ぶさた》をしている、ひとつ竜閑町《りゅうかんちょう》へいってみよう、もう二年の余も顔出しをしちゃあいねえからな。

「あの人はここへ泊めたわ」女は源次の横へより添って軀をのばし、深い満足の溜息《ためいき》をつきながら云った、「だって、ゆくところがないし、あんたのことが心配で、側からはなれることはできない、っていうんですもの」

「もう三日めだろう、おれは勘定のことは知らねえぞ」

「わかってるくせに」女は巧みにあと始末をしてから、彼の肩へ手をまわした、「あの人、あんたのお弟子だったんですってね」

「三年まえまではな」

「あんたのこと褒《ほ》めてたわ、江戸で五本の指に数えられるほどの、えらい親方だって」

「いまは乞食同様、ごらんのとおりの態《てい》たらくさ」

「あたしには身の上話をさせるくせに、自分のことはなにひとつうちあけてはくれない、そんな薄情なことってないわよ」
「女房と二人の子持ち、初めにちゃんと断わったぜ」
「そんなことじゃないの、あたしの知りたいのは、それほどの腕を持っているのに、どうして植木職をやめたのか、いまどんなことをしているか、これから先どうするつもりかっていうことよ」
「熱い腕だな」と源次が夜具の中で身動きをした、「この腕をどけてくれ、熱くってしようがねえ」
「あたしには話せないのね、そういう話をするひとはほかにあるんでしょ」
「おれは絡《から》まれるのは大嫌いだ」
「多平さんに聞いたわ」女は寝衣《ねまき》の袖《そで》で顔を拭《ふ》いた、「広いかこいを持った或《あ》る植木職の親方が、ぜひあんたに跡を譲りたいって、いまでもあんたのこと捜してるっていうじゃないの、どうしてそこへおちつく気にならないの」
「そろそろいやけがさしてきたんだな」
「いやけがさしたって、——あらいやだ、ばかねえ」女は源次にしがみついた、「あたしのことはよく知ってるでしょ、あんたのことはべつにして、あたしは男には懲《こ》りたしのことはよく知ってるでしょ、あんたのことはべつにして、あたしは男には懲《こ》り懲《ご》りしてるし、あんたが来てくれさえすればそれで本望、あんたのほうで飽きればしようがないけれど、あたしはもう一生、あんたのほかに男なんかまっぴらだわ、――それをいやけがさすだなんて、ばんたん承知のうえで意地わるを云うのね、にくらしい」

「痛え」源次は女の手を押し放した、「きざなまねをするな」

「ねえ、その親方の跡を譲り受けておちつきなさいよ、それだけの腕を遊ばせておくなんてもったいないじゃないの、おかみさんや子供さんたちも呼んで、おちついて仕事をする汐《しお》どきだわ、あたしのほうは気の向いたときに来てくれればいいの、このうちもあたしも、あんたのものだと思ってくれていいのよ」

「おめえにゃあわからねえ」源次は短い太息《といき》をついた、「誰にもおれの気持なんかわかりゃしねえ、おれの一生は終ったも同然なんだ、――ゑひもせす、おれはあとのねえ仮名みてえなもんだ、ねるぜ」

女はそっと身をすり寄せた。

「きれえな人だな」と多平があるきながら云った、「あんな旅籠屋にはもってえねえきりょうよしだ、若くって色っぽくって、おまけに親切でやさしくって、――親方の女運のいいのにゃあたまげるばかりだ」

「あれが若いだって」と源次は鼻を鳴らした、「もう二十八だぜ」
多平は聞きながして片手を出した、「小遣いにって、これを預かって来ましたよ」
「よけえなことを」源次は見もしなかった、「おれはいらねえ、おめえが取っとけ、いいから取っとけよ」
「そうはいかねえさ、あっしは知ってるんだ」多平は人の好《よ》い笑い顔で云った、「ゆうべ夜なかに、おかみさんは親方の部屋へ忍んでいったでしょう」
「ねぼけるな」と源次は眼をそらした、「夢でもみたんだろう」
「明けがたに親方の部屋から、そっと出て来るところも見ましたよ」
「ばかなことを云うな、おめえはねぼけたんだ、――それにまた、どっちにしろおれが小遣いを貰《もら》ういわれなんかありゃあしねえ、取っとけと云ったら取っておけ、その代りここでおめえとは別れるからな」
「別れるって、どうするんです」
「おれにゃあおれの用があるんだ」
「けれども、親方をつけ覘《ねら》ってる者がいるってこと、忘れたんじゃねえでしょうね、あっしはついてゆきます、殴られたって親方を独りにするこたあできねえんだから」
「ここで別れるんだ」源次は立停《たちどま》って、多平を睨《にら》みつけた、「誰がなんのためにつけ覘ってるか知らねえが、それはおれのことで、おめえにはなんのかかわりもありゃあしねえ、ついて来ると承知しねえぞ」

するどい眼つきと、容赦のない口ぶりに圧倒されたのだろう、多平は黙って、哀願するように源次の顔を見まもった。

源次はよせつけない表情でその眼を睨み返し、それから向き直って、あたらし橋のほうへ曲った。

「夜なかに忍んでいった、明けがたに出て来るのを見た、ってやがる」いそぎ足になりながら、源次は唾《つば》を吐いて呟いた、「――いつでもこうだ、忍んではいり、そっと出てゆくのは見ただろうと、だが、部屋の中のことはわからねえ、女が好き勝手にしているだけで、おれは手も出さなかったなんてことは、誰も信用しようとはしねえんだ、それが人間ってえもんだろう、生れたときからいっしょに育っても、お互いに心の中まではわからねえ、おとなになるにつれて、万人が万人それぞれの性分が固まってしまうからな」

またくだらねえわかりきったことを考える。そんなことにいま初めて気がついたわけじゃあないだろう。誰にだってわかりきってることだ、悲しいけれどもそれが人間なんだ、と源次は思った。

「そうわかっていても、みんなは悲しかあねえんだろうか」彼は柳原の土堤《どて》に沿って上《かみ》のほうへゆきながら呟いた、「――お互いにちぐはぐな、まるっきり違ったことを考えながら、あいそよく笑ったり、世辞を並べながら駆引をしたりしている、それでも生きていかれるんだ、だがどうしてだろう、そんなようで生きていて平気なんだろうか」

おめえは十六七の若ぞうのようなことを云う、と根岸のあにいに云われたことがあった。いまは十六七の若ぞうだって、そんな青っぽいことは云やあしねえぞって、――あにいはいい人だ、ずいぶん迷惑をかけたが、いつもよく面倒をみてくれた。じつにいい人だが、やっぱりわかっちゃあくれなかった。柳原河岸を左へ曲り、少しいって右へ曲り、また左へ曲った。武家の小屋敷のあいだに、酒屋や荒物、筆紙屋などがとびとびにあった。神田竜閑町へはいり、源次はまっすぐに「岩紀」という家へいった。それはかなり大きな構えで、黒板塀《くろいたべい》をまわし、こんな町なかには珍らしく、裏門が笠付《かさつ》きの柴折戸《しおりど》になっていた。――ここは別宅で、本宅は京橋にあり、刀脇差《わきざし》のしにせとして古くから知られている。

当主は岩月卯兵衛《うへえ》といって、組合の頭取を十年も勤め、大名諸家へ多く出入りしていた。この別宅には隠居の紀平がいるが、とくい先の諸侯の用人とか重職などを、ときどき招待する必要があり、そういう場合にはこの別宅を使うため、建物や庭には費用を惜しまず、凝った山家《やまが》の侘《わ》びたふぜいをあらわしていた。

横の潜《くぐ》りからはいった源次が、家の裏へまわってゆくと、薪《まき》を割っている下男の庄助に出会った。庄助は五十がらみで、骨太の逞《たくま》しい軀《からだ》をしてい、源次が植木を移すときには、よく彼の力を借りたものであった。

「植源《うえげん》さんじゃないか」庄助は手斧《ちょうな》を持ったまま腰をのばした、「ながいこと姿を見なかったが、どうしなすった」

「お庭をね」源次はきまりわるそうに云った、「お庭の木を見てえと思って伺ったんだが、もしかしてお客でもあるんなら、出直してきますよ」

「今日はお客はなしだ、ちょうど御隠居さんもいらっしゃるし、親方が来たと云えばおよろこびなさるだろう、いつもおまえさんの噂《うわさ》をしていらっしゃるからな」

「あっしの来たことはないしょにして下さい、勝手に職をやめちまってから三年、ずっと無沙汰のしどおしなんで、御隠居には合わせる顔もねえ、ちょっと見せてもらうだけでいいんだから」

「合わせる顔がないとは古風だな」と庄助は微笑した、「そんならまあ、好きなようにするさ」

五

源次は芝生に腰をおろし、両膝《りょうひざ》を手で抱えて、杉ノ木を眺《なが》めていた。惚《ほ》れぼれとした眼つきで、――それは七年まえに、彼が隠居の紀平に頼まれ、相州鎌倉《かまくら》から自分でひいたものであった。隠居は育ってからの木のなりや、枝ぶりを注文し、彼は請け負った。そのため木を捜すのに十日もかかり、鎌倉の山の中で五本みつけたが、その中から一本を選ぶのに三日も迷った。――そんなことは、それまで殆《ほと》んどないことであった。たとえ心をひかれる五本の木をみつけても、その中から一本を選ぶのに迷ったことはないし、選びかたを誤ったこともなかった。しかし、丈が四尺ばかりのその杉の苗木は、枯れた栗林《くりばやし》の中でみずみずしく、成長するいのちをうたいあげているようにみえた。冬の日光にあたためられた栗林は、どの葉も白っぽい茶色に枯れちぢれていたから、若い杉の濃い緑がいっそうひきたち、まわりの枯れたけしきとみごとに調和して、五本のうちのどの一本も、そこから動かすことはできないように感じられた。

「あのころまでだな」と源次はそっと呟いた、「あのころはまだよかった、まだ仕事が面白かったし、張りもあった、知らなかったからな」

いまその杉は一丈ちかい若木になっている。下枝から秀《ほ》まで、植えたときの枝が一本も欠けず、いかにものびのびと育っていた。葉付きもたっぷりしているし、木のいのちの脈搏《みゃくはく》が聞えるようであった。

「珍らしいな」とうしろで呼びかける声がした、「源次《げんじ》じゃないか」

源次はちょっと軀を堅くしたが、振り向きもせず、挨拶《あいさつ》もしなかった。どうです御隠居さん、と彼は杉ノ木のほうへ手を振った。

「御注文どおりに育ったでしょう」と源次は云《い》った、「見て下さい、あっしの思っていた以上によく育った、うっとりするじゃありませんか」

自慢そうな言葉とは反対に、声の調子にあるそらぞらしさは隠しようがなかった。紀平は不審そうに源次の横顔を見たが、聞き咎《とが》めたようすはみせなかった。

「どんなにいやなことがあっても」と紀平は云った、「ここへ来てこの杉を見ていると、心の隅《すみ》ずみまでさっぱりと、洗われたような気分になる、私はときどき、自分が杉ノ木の生れ変りじゃあないかと思うよ、ばかな話のようだが本当のことだ」

「杉にもひでえのがありますぜ」

「そこがむずかしいところさ」と云って紀平はあるきだした、「おまえに見せたいものがある、こっちへ来てごらん」

源次は気のすすまないようすで立ちあがり、紀平のあとからついていった。杉ノ木から左へゆくと、岩組みの庭に続いていた。大小さまざまな岩を組みあげて、その上に楓《かえで》が二十本ほど枝をひろげている。岩には苔《こけ》が付いて、その隙間《すきま》にはまたいろいろな種類の歯朶《しだ》が、それぞれの形と色をきそうようにその葉を垂れていた。ぜんたいは人工のものと思えず、ながい年月風雨を凌《しの》いできた自然の一部を、そのまま移したような、おもおもしくしんとした気分をひそめていた。

「あれを見てごらん」紀平は指さした、「おまえの植えた実生《みしょう》の杉や松や、、、やまはぜや樺《かば》などが、あのとおりちゃんと育っているよ」

源次はそっちを見ようとはしなかった。かたくなに口をつぐみ、麻裏草履の爪先《つまさき》で、地面になにか書いていた。紀平はそれを横眼《よこめ》で見てから、向うでちょっと休もう、おいでと云って、母屋《おもや》のほうへあるきだした。源次はどうしようかと迷うようすで、しかしぐずぐずと、思い切りの悪い足どりでついていった。紀平は広縁へあゆみ寄ると、肩や袖を手ではたきながら、高い声で人を呼んだ。まだあの癖が直らねえな、と源次は思った。こっちは仕事をするからごみだらけになるが、隠居の着物には塵《ちり》ひとつつかかりゃしねえ、悪い癖だ、と源次は眉《まゆ》をしかめた。

「さあ、ここへお掛け」紀平は沓脱《くつぬ》ぎにあがり、広縁へ腰を掛けながら、源次に自分の脇を叩《たた》いてみせた、「久しぶりだ、一と口つきあっておくれ」

「あっしはだめなんです」源次は腰を掛けて頭を振った、「だらしがねえって、よく御隠居に笑われましたが、こればっかりは生れつきでしょうがねえ」

「そうだっけな、根岸の親方とまちがえたよ」

源次は振り向いた、「根岸が来たんですか」

「ときどきな」と云って、紀平は奥のほうへ声をかけた、「おちよ——酒はいいからお茶をたのむよ」

奥で返辞が聞え、この隠居も変ったな、と源次は思った。長屋住いならともかく、岩紀の隠居ともある人が、襖越《ふすまご》しに用を命じるなどということはない。少なくともまえにはそんなことはなかった、と源次は思った。紀平はまた紀平で、源次が岩組みの庭から眼をそらし続けているのを認め、やっぱりあれが事の原因かなと思っていた。

「田原町のうちへ幾たびも使いをやったんだよ」と紀平は云った、「——おまえさんは二た月に一度ぐらいしきゃ帰らないそうじゃないか、おかみさんと二人の子供が、賃仕事をしてくらしてるっていうが、いったいどうしたということだ、おかみさんや子供たちを可哀《かわい》そうだとは思わないのかね」

「可哀そうなのは、うちのかかあやがきだけじゃねえ、どこの横丁、どこのろじにもうんざりするほど可哀そうなくらしはありますぜ」と源次は答えた、「あっしのうちだけに限っても、かかあやがきどもより、もっと悲しい哀れなやつが」彼は突然そこで言葉を切り、頭のうしろへ手をやった、「――こりゃあどうも、口がすべりゃあがった」

「云いたいことがあったら、聞こうじゃないか」と紀平が穏やかに云った、「日暮里の植甚の身内で、おまえさんの右に立つ者はなかった、いやお世辞でもからかいでもない、というまでもない、おまえさん自身が知っていることだろう」

「あっしはもうこれで」と云って、源次が立とうとしたとき、五十恰好《かっこう》の老女が、小女《こおんな》とともに茶菓を持って出て来、まあ喉《のど》をしめしておいでと、紀平が源次になだめるような口ぶりで云った。老女――おちよというのであろう、上品な顔だちの老女は、二人のために茶を淹《い》れ、菓子鉢《ばち》をすすめたのち、ほかに用事がないかどうかをきいて、小女とともに去っていった。

「さあ、飲んでごらん、四五日まえに宇治から届いた新茶だ」と云って紀平はひょっと顔をあげた、「そうそう、それで思いだしたが、ここで茶ノ木が育つだろうか、じつは麻布《あざぶ》のさるお屋敷で、みごとな茶畑を拝見したんだがな」

「新茶をいただくなんて、生れて初めてのことでね」源次は茶を啜《すす》ってから云った、「おごそかなもんなんだろうが、あっしなんかにゃ渋茶のほうが口に合います」

「話をそらすじゃないか、茶ノ木をやってみてくれないかね」

「根岸が伺ったとすると御存じでしょうが」

「ああ知っているよ」と紀平は源次の言葉を遮《さえぎ》った、「だがなぜだい、ここで善五とやりあったのがもとかえ」

「あいつはくわせ者です」

「おまえは箱根まで跟《つ》けていったそうだな、私はその場にいなかったから聞かなかったが、どうして箱根くんだりまで跟けていったんだね」

源次は茶を啜り、持った茶碗《ちゃわん》の中をみつめながら、いま考えると子供っぽくてきざで、思いだすだけでも、冷汗の出るような気持だが、あのときはしんけんだったと、詫《わ》びごとでも云うような口ぶりで語った。相変らず岩組みの庭のほうへは、頑《がん》として眼を向けようとしない。陽《ひ》にやけてあさぐろく、ひき緊《しま》った源次の顔の、両のこめみに癇癪筋《かんしゃくすじ》がうきだすのを、紀平は眼ざとくみつけながら、黙って聞いていた。——

五年まえ、そこは野庭造りだったのを、紀平が岩組み山水にすると云いだし、庭師の善五郎にその仕事を命じた。そのころ善五郎は五十六か七で、遠州古流とかいう造庭家として評判の高い男だった。源次はその評判を信じなかった。出入り先で善五の噂を聞き、彼の造った庭をいろいろ見たが、その人間の手にかかったという、筋の感じられるものはなかった。遠州古流がどんなものか知らないが、そういう名がある以上、そこには他の流儀とは違う型とか法があるだろう。少なくとも手がけた善五の呼吸が、生きているはずである。手職の仕事にはその人の癖とか特徴が出るものだ。仕立屋のようなこまかい仕事でさえ、その人間の縫いあげた衣類は、往来で見かけてもわかるという。善五の仕事にはそれがなかった。注文ぬしの気にはいるらしいし、地坪に合わせて纏《まと》める巧みさはめだつけれども、それらを支える動かない「筋」というものがないのである。——ここの野庭を岩組みにすると聞いたとき、源次は善五がどんなことをやるかと、ひそかにその動静を見張っていた。それで、善五が独りで箱根へでかけていったときも、そのあとを跟けていったのだ。善五郎は芦《あし》ノ湖《こ》で舟を雇い、左岸をめぐりながら図取りをした。源次も舟であとを追い、釣《つ》りをするようによそおって、善五が図取りをするのを仔細《しさい》に見た。

「そして造ったのがあの庭です」と源次は云った、「断わっておくが、これは悪口じゃありませんぜ」

六

「聞いてみると、芦ノ湖の左岸へはよく、庭師たちが図取りにゆくそうです」と源次は続けた、「そこには慥《たし》かに、自然に出来たとは思えないような、みごとな景色がつらなっていました、どの一角を取っても惚れぼれするような庭になる、あっしは唸《うな》ったもんだ、ここにこういう手本のあることを、知っているだけでもてえしたもんだ、こいつは本当にいい庭を造るかもしれねえぞ、ってね」

けれども、善五の造ったのは、図取りをした岸の一角をそのまま移したようなものであった。図取り絵取りをするのはいい、だが庭師なら自分のくふうがある筈《はず》である。絵取った下図をそのまま移すというのでは、本職の庭師とはいえないだろう。ちょっときような者なら、しろうとにだってできる仕事だ。

「おまけに、善五はもう一つしくじった」と源次は云った、「ちょうど十月のことで、そのあたりは楓がきれいに紅葉していました、はぜやうるしやぬるでなども、紅と黄色をきそいあっているようだったし、その下には実生《みしょう》の杉や松や、もう葉の散った二番生《ば》えの雑木などがあった、善五はそれを見おとしたんです、岩組みと楓だけはこくめいに写したが、そのほかの木は眼にはいらなかった」

それで岩組みの上に楓だけ植えさせたのだが、楓だけとすると芽ぶきから紅葉、そして散るのまでがいっしょである。そんな片輪な庭があるものではない、絵取った岩組みをそのまま写すなら、植える木にもそれだけの調和がなければならない。それで自分は苗木の杉や松、ぬるでやはぜ、うるしその他の灌木《かんぼく》も植え込んだのであった。

「するとそれをみつけて、善五のじじいが怒りゃあがった」と源次は云った、「これはおれの方式に外れている、遠州古流はきびしい流儀で、方式に外れたことはゆるせない、なんてね、——くそじじい、あっしはよっぽど芦ノ湖の一件をばらしてやろうと思った、腹が煮えくり返るようだったが、相手が年寄りのことだし、植木職が庭師をやりこめても自慢にゃあならねえ、あっしゃあ歯をくいしばって退散しましたよ」

「だが私は善五に手をつけさせなかった、見てごらん」と紀平は顎《あご》をしゃくった、「おまえの植えた木は一本残らず、そのままあのとおり育っているよ」

　へえと云ったが、源次はやはりそっちを見ようとはしなかった。

「それはそれでいいんです」と源次は俯向《うつむ》いて云った、「植木職が庭師に盾をつくのは筋違いだ、いやならそっぽを向いてりゃあいいんだから、そうでしょう御隠居、——あっしが職をやめたのはそんなこっちゃあねえ、まるっきりべつな話なんだ」

「私はこのとしになって悪い癖がついてね、朝酒を飲まないと躯の調子がよくないんだ」と紀平が云った、「一と口やりながら聞きたいんだが、いいかい」

「ここは御隠居のお屋敷だ、どうぞと云うまでもねえだろうが、すっかりながいをしちゃって済みません、あっしはこのへんでおいとまにしますから」

まあお待ちと、紀平は止めにかかったが、源次は立ちあがって辞儀をし、逃げるように裏のほうへまわっていった。下男の庄助はもういなかったし、潜《くぐ》りを出るまで呼び止められることもなかった。

「あの隠居はへんに気がまわるからな」源次はいそぎ足に道を曲っていった、「心付でも包まれたら引込みがつかねえや」

彼は神田川の河岸へ戻り、柳原堤に沿って大川のほうへあるいていった。

あたたかくやわらかな軀《からだ》の律動を、夢うつつのうちに感じながら、おとよかなと、おぼろげに源次は思った。まさか、そんなことはないだろう、信濃屋は当分よりつくまいときめたんだから。しかしおれは酔ってるようだな、酒を飲む筈はないんだが、どこで飲んだんだろう。喉でけんめいに抑えたすすり泣きのような声が聞え、短い間隔をおいて痙攣《けいれん》が、繰返し彼を包んだ。これは夢だな、夢の中で昔の女をみているんだ。それにしても誰だろう、この肌《はだ》の匂《にお》いには覚えがある。ほかにはない匂いだ、口もあまりきかず、いつも伏眼になっていて、そのくせこっちの気持をよくみぬいていたっけ。おれが今日のやつにあれが喰《た》べたいと思うと、ちゃんとそれが出たもんだ。

「ここはどこだ」と源次はよく舌のまわらない口ぶりできいた、「おめえ誰だっけ」

強くはないがはっきりした収縮と弛緩《しかん》とが交互に起こり、彼は緊めつけられて、なかば眼がさめた。あたりはまっ暗で、隙間をもれる仄明《ほのあか》りもなく、乾ききらない壁の湿っぽい匂いがした。相手の軀が柔軟に重くなり、彼を緊めつけていた力が、ゆっくりと、しだいになにかが解けるように、波動を伝えながら静まっていった。

「麹町《こうじまち》のお屋敷だな」と源次がだるそうに云った、「市橋さまの中間《ちゅうげん》部屋だろう、——とすると、おめえは誰だ」

相手は答えず、そっと彼に頰《ほお》ずりをし、やすらぎの太息《といき》をつきながら軀をはなした。

麹町ではすぐに帰った。竜閑町の「岩紀」と同様すぐに帰った。市橋さまの屋敷では酒を出されたっけ、だが飲まなかったし、中間部屋でめしを喰べただけだ。待てよ、芝の悲願寺では一日がかりで木の手入れをし、晩めしを食って出た筈だ。そうじゃねえ、悲願寺じゃ寺男の小屋で寝たんだ。そうだ増造のじじいが酔っぱらって、いつまでもへたくそな唄《うた》をうたってた。すると、ここはやっぱり信濃屋だろうか。いや、そうじゃねえ、信濃屋ならこんなに壁が匂うわけはねえ。源次はまた、うとうと眠りにひきこまれるのを感じた。

「帰るわね」と囁《ささや》く声がした、「風邪をひかないように、——おやすみなさい」

源次は欠伸《あくび》をして寝返った。

「起きろよ、源《げん》さん」と咳《せき》をしながら呼ぶ声がした、「もうおてんとさまが屋根の上だ、めしが出来てるよ」

「だめだ、くたくただ」と云って源次は掛け夜具を顔の上まで引きあげた、「おらあ二日分も仕事をしたんだ、もう少し寝かしといてくれ」

「御隠居さまが待っていなさるんだ、おめえに話があるってな、さあさあ、起きて朝めしを喰べちまっておくれ、まだ仕事が残ってるんじゃないのかい」

「今日はいちんちじゅう仕事をしたぜ」

「それは昨日だよ」と咳をしながら云うのが聞えた、「今日は橋立《はしだて》の手入れをするって、云っていた筈だがね」

橋立と聞いて、源次は眼をさまし、本能的に、女はどうしたかと左右を見た。乾きらない壁の匂いが、六帖《ろくじよう》一と間の小屋の中に強く匂い、それが形容しようのない虚脱感と、たよりないような、うらがなしいような想《おも》いとで彼をくるんだ。あけてある戸口から、日光が眩《まぶ》しいほどさしこんでいて、かなり広い土間は暗く、小柄《こがら》な老人がこっちへ背を向けたまま、しきりに水の音をさせていた。

――向島だな、と源次は思った。伊豆清《いずせい》の向島の寮だ、そうだとすると女は、女は、――名は思いだせねえな、なんだかへんな名だったが、どうしてあの女だとわからなかったんだろう。

あの年寄りは庭番の角《かく》さんだ。ここは角さんの小屋で、角さんは独りで寝起きをしている。ではゆうべはどうしたんだろう、ここで寝ていたのか、それともここはおれたち二人だけにして、自分はどこかよそで寝たのだろうか。そうだ、酒をしいたのは角さんだ。おれはなにか癪《しゃく》に障って、やけなようになっていて、それで飲んだんだ。しかしなにが癪に障ったんだろう。へっ、なにょう云やあがる、この世に癪でねえことがあるか、男も女も、世間じゅうが寄ってたかって、おれを小突いたり振り廻《まわ》したり、眉間《みけん》を殴りつけたりして、いい笑いものにしやあがる。ざまあみやがれだ、と彼は思った。

「本当にもう起きなくっちゃだめだよ」と土間から角さんが云った、「御隠居さまが待ってるんだから、世話をやかせちゃ困るよ」

ああと云って、源次は起きあがった。


「まあいい、仕事はまたのことにしてもいいんだ、まあお飲み」と清左衛門が云った、「どうにも腑《ふ》におちないんでな、今日は正直なことを聞きたいんだ」

清左衛門は濡縁《ぬれえん》に座蒲団《ざぶとん》を敷いて坐《すわ》り、手酌《てじゃく》でゆっくりと酒を啜っていた。としは七十二か三であろう、瘦《や》せた小柄な軀つきだが、焦茶色《こげちゃいろ》の膚《はだ》はつやつやとしているし、みごとに白くなった髪の毛と、一寸もありそうな厚い長命眉《まゆ》とが、焦茶色の膚をひきたてているようにみえた。日本橋の通一丁目にある「伊豆清」の店は、諸国の銘茶を扱うので府内に名高く、この清左衛門が一代で仕上げたものだという。二十年まえに隠居をし、向島の寮へひきこもったが、いまでも五日に一度は店へゆくし、大事なとくい廻りも欠かさなかった。妻女には早く死なれたが、身持ちは堅く、女あそびはしないし浮いた噂《うわさ》もなく、自分でも「しょうばいと酒だけがたのしみだ」と云《い》っていた。この寮には庭番の角造のほか、めし炊《た》きのばあさんと、女中二人を使っている。その二人はどちらも温和《おとな》しく、きりょうよしで、一人は来てから十年、他の一人も七年くらいになるだろう。角造の話によると、二人とも幾たびとなく縁談があったのに、寮を出るのがいやだと、断わり続けているそうであった。——源次は日暮里の植甚にいるじぶんから、ずっとここへ出入りをしていたし、独り立ちになってからも、植木のことは任されてきた。だから、出入りをするようになってもう二十年ちかく経《た》つだろう。泊り込みで仕事をしたことも三度や五たびではないし、おまけによく口論をした。源次からみると隠居はけちで、仕事にはうるさく注文をつけるが、払いとなると十文二十文のことまで詮索《せんさく》する。注文どおりの木を捜すのに、十日も二十日もかかることが珍らしくないが、旅費や宿賃をきげんよく出したことはなかった。

十年ほどまえ、庭の半分をつぶして、荒磯《ありそ》の景色にするのだと云いだし、源次は一年がかりで三十本ばかりの松を集めた。それはほぼ彼の予想どおりに育ったし、清左衛門も気にいって、いまでは「橋立《はしだて》」と名付けて自慢にしているが、そのときの支払い勘定などは、源次のもちだしになったほどであった。いっそこっちから出入りをやめよう、と考えたことは数えきれないくらいだが、清左衛門にはふしぎに人をひきつけるところがあり、腹を立てながらも、顔を見に来ずにはいられないのであった。

「どうした、飲まないのかい」

七

源次は自分の平膳《ひらぜん》を見て、眉をしかめた。大きな燗徳利《かんどつくり》に、盃《さかずき》と小さな鉢が一つ、中にはきゃら蕗《ぶき》と小さな煮干が三尾、小皿に菜のひたしがあるだけであった。

「あっしが飲めねえ口だっていうことは」

「知ってるよ」と隠居が遮った、「私だって高価な酒を、嫌《きら》いな者に飲ませたくはないさ、これほどむだなことはないからな、しかしおまえさんはしらふでは云いたいことも云わない、黙って、どんないやなことも自分の胸の中にしまったまま、人には話さず、独りで肝を煎《い》ったり癇癪を起こしたりしている、そのあげくが妻子を捨て職まで捨ててしまった」

「あっしは妻子を捨てたりなんかしゃあしません」と云い、源次は手酌で一つ飲んだ、「誰がそんなことを云ったんです」

「田原町へなんども使いをやったよ」

「かかあやがきはちゃんとやってる筈です」

「おかみさんはともかく、十三になる男の子までが、近所の使い走りをしていても、ちゃんとやってると云えるのかい」と清左衛門は云った、「もちろん世間にないことじゃあない、稼《かせ》ぎのない亭主を持ったために、妻子が手内職や走り使い、子守をして飢えを凌《しの》いでいる家族もあるだろう、だがおまえさんは違う、おまえさんは日暮里の身内ばかりでなく、植木職として、御府内に何人と数えられるほどの腕を持っている人間だ」

「冷汗が出らあ、よしておくんなさい」

「冷汗といっしょに、本音も出したらどうだ」と隠居は酒を啜《すす》って云った、「それだけの腕を持ちながら、いったいどういうつもりで職をやめたんだ、どうしてだい源《げん》さん」

源次はまた手酌で一つ飲んだ。どうして世間じゃこう酒ばかり飲むんだろう、と思って彼は顔をしかめた。飲むときも臭えしおくびも臭えし、後架《こうか》へはいっても臭え。たまにうまく酔えたときに、楽な気持で女と寝られるぐれえがめっけもんだ。そのほかには三文の得もありゃあしねえや、と源次は思った。

「返辞ができなければ、こっちから云ってやろうか」と清左衛門が云った、「三日ばかりまえのことだが、私は橋場の藤吉《ふじよし》さんに会ったよ、おまえの古い出入りだそうだね」

源次は盃を持った手で、顔の前を横に撫《な》でるようなしぐさをし、「たかが五年そこそこです」と云った。

「だとすると、よっぽど気が合ったんだな」

「しょうばいとなるとね」

「そうかな」盃を口のところで止めて、隠居はちょっと歯を見せた、「手のことから松の枝おろしまで、詳しく藤吉さんに話したそうじゃないか、――そこそこ二十年もつきあっている私には、ひとことも話したためしのないようなことをね」

源次はやけになったように、盃で二杯、続けさまに飲んだ、「口の軽い旦那《だんな》だ、こっちはそんなことすっかり忘れちゃってるのに、――手の話だなんて、きっと首でも吊《つ》りてえような気持だったんでしょうよ」

木や草を扱うには、生れつきの「手」というものがある。理由はわからないが、同じ条件で扱っても、その手を持っているのといないのとでは、木や草の育ちかたがまるで違う。植木職なかまでは知らない者のないことであり、同時に、それがどうしようもない天成のものであるため、口に出して話すようなことはなかった。

「それが聞きたいんだ」と云って清左衛門は、まっ白な長命眉をあげ、あげた眉をぐっと眼《め》の上へおろした、「手のことはまあいい、私も初めて聞いた話ではないし、べつに秘し隠しをするようなことでもないだろうからな、けれども兼徳さんで松の枝を切ったというのは、本当のところどういうことなんだ」

「きっと首でも吊りてえような気持のときだったんでしょう」

「それともしょうばい気で、話を面白くしたのかもしれないとね」

「あげ足を取っちゃいけねえ」源次は酒を呷《あお》った、「こんなことを、御隠居に話すのはいやだ、叱《しか》りとばされるにきまってるからね、けれども、藤吉の旦那が饒舌《しゃべ》ったとすれば同じこった、慥《たし》かに、兼徳のでこ助はあっしの植えた松ノ木の、いちばん大事な枝をばっさり切っちまいました」

「相談もしずにかえ」

「ひとことも」源次は首を振って云った、「御隠居にゃあわかるだろうが、注文どおりの木を捜し、それを移して来て、うまく育てるのはちょろっかなこっちゃあねえ、雨風、雪霜の心配から、土替え根肥《ねごえ》、枝そろえと、それこそ乳呑み児《ちのみご》を育てるように、大事にかけて面倒をみるもんだ、しかもほかの仕事と違って、百日や二百日で埒《らち》のあくこっちゃあねえ、木によっても違うが、少なくって三年、松なんぞは五年も十年も丹精して、どうやら形のつくもんだ、そうして、こんなら手を放してもいいというところまでこぎつけるころには、こっちの血がその木にかよって、女房子よりも可愛《かわい》い、しんそこからの愛情がうまれるもんだ、ほかの仕事だってそうかもしれねえが、こっちの相手は生きている木だ、幹も枝も葉も生きていて、こっちがその気になればぐちを云ったり、笑ったり、叱りつけたりすることができる、木はにんげん同様、生きているし話もできるんだ、わかりますかい御隠居」

清左衛門は黙ったままで頷《うなず》いた。

「それを兼徳のでこ助は、なにかの邪魔になるからって、いちばん大事な中枝《なかえだ》を一本、なさけ容赦もなく、付け根からばっさり切り落しちまやあがった」源次はゆっくりとうなだれた、「――苦労して育てて、ようやく形ができたというところです、あっしは切り口の白っぽい木肌を見たら、わが子の腕を切り取られたように、胸のここんところが」

　そこで源次は絶句し、徳利の酒を盃へしたんで飲んだ。それを見て清左衛門が手を叩《たた》くと、若いほうの女中が出て来、清左衛門は酒を命じた。その女中は二十五か六になるだろう、ふっくらとしたおもながな顔に、憂《うれ》いのある眉。下だけ肉のやや厚い唇《くちびる》は、紅を塗ったようにしっとりと赤かった。

「およそのところはわかったよ」と清左衛門は緊張した気分をほぐすように云った、「おまえの気持はほぼ察しがつくがね、しろうとじゃあない、おまえさんはしょうばいにんだ、植える木に愛情をもつのは当然だろうが、一本や二本のことじゃあない、愛情としょうばいとの、けじめをつけるわけにゃあいかないのかね」

「そういうことのできる者もいるでしょう、あっしにはできねえ」源次はうなだれていた顔をゆっくりとあげた、「だらしのねえはなしだが、あっしにはそういうけじめをつけるなんてことはできないんです、本当にできねえんです」

「人それぞれだな」

「それだけじゃあねえ、屋敷の名は云えねえが、ほかにもさるすべりや、梅や、つげなどで、勝手に秀《ほ》を詰めたり、枝をおろしたりされたことが五たびや七たびじゃあありません、しかし、可笑《おか》しなはなしだ」源次は頭を左右に振った、「向うは金持の注文ぬし、こっちはたかが御用をうけたまわる植木職でさあ、金を払って植えさせれば木はもうあっちのもの、枝を切ろうがぶち折って薪《まき》にしようが向うの勝手で、こっちに文句を云う権利はこれっぽっちもありゃあしねえ、つまるところ、ただいまのお笑いぐさだ、そうでしょう御隠居さん」

清左衛門がなにか云おうとしたとき、さっきの女中がはいって来た。源次はそっぽを向き、清左衛門に眼くばせされて、女中は燗徳利を源次の平膳の上へ置いた。空《から》になった徳利を盆に取って、出てゆきながら女中は源次を見たが、彼は気づかないようであった。

「人それぞれだ」と清左衛門が云った、「ほかの人間にはお笑いぐさでも、或《あ》る人間には生き死ににかかわる問題かもしれない、おまえさんの気持はわかった、けれども、職をやめてこれから先どうするつもりだえ」

「乞食《こじき》ですよ、このとおり」源次は酒を注いだ盃を眼のところまであげ、歯を見せて微笑した、「――自分の植えた木のあるとくい先を廻って、ちょっちょっと手入れをし、そこの旦那がたから茶や酒をふるまってもらって、おべっかを云ったり機嫌《きげん》をとったりするんです、うまくいけば心付にありつけるし、まずくいってもめしぐらいにはありつけますからね」

「そんな都合のいいことが続くと思うか」

「とくい先にもよりますがね」源次はまた微笑した、「まずその心配はねえようです」

八

「たとえば」と源次は続けて云った、「失礼だが御隠居さんは勘定だかくてけちだ」

「おまえがそう思っていることは知っていたよ」

「けれどもけちにはけちのみえがある。現にゆうべは泊めていただいたし、このとおり酒の馳走《ちそう》にもなってまさあ、もちろん、心付が貰《もら》えるなんとは思っちゃあいませんがね」

清左衛門は酒を啜り、ちょっと考えてから云った、「よかったらここへ住込みで、庭の面倒をみてくれないかな」

「庭のことなら角さんがいるでしょう」

「木のことは角造ではまに合わない」

「あっしも御同様でさ、これまで植えた木の世話はするがね、職をやめた以上、もう木のことには手を出さねえつもりです」

「人間は気の変るものだ、そう云い切ってしまわなくともいいだろう」清左衛門は穏やかに云った、「これは聞いた話だが、おまえさんに跡を譲りたいという親方がいるそうじゃないか」

「初耳ですね、なにかの間違げえだろうが、本当だとすれば頓狂《とんきょう》な野郎だ」と云って源次は盃を伏せた、「じゃあこれから橋立をみてきます」

そして彼はろくさま挨拶《あいさつ》もせずに、庭番小屋のほうへ去った。清左衛門がなにか云ったようだが、源次は振り向きもしなかった。

これから先どうするつもりかって、へっ、こっちできいてえくれえだ。ねえ御隠居、おまえさんこれから先どうするつもりですかい、一代で伊豆清の身代をおこし、たいそうな金持になり、跡を伜《せがれ》に譲って隠居をしながら、いいとしをしてまだ店へかよい、ゆだんなく帳尻《ちょうじり》に眼を光らせたり、暇があればとくい廻りを欠かさないという。それでどうしようというんだ、そんなことをしていてこの先、どんなものを手に入れようというのかい。これまでにないなにか、この世のものでないようななにかが、手にはいるとでもいうのかい。これから先どうするかって、へっ、人間あしたのことさえどうなるかわかりゃあしねえ、ことにおれなんぞはもう一生が終ったも同様なんだ、けちじじい、おめえこそこの先どうしようというんだい。

手籠《てかご》をさげて、若いほうの女中が来、おやつですと云った。源次は敷いてある茣蓙《ござ》のほうへゆき、腰に挟《はさ》んでいた道具を外して置き、手拭《てぬぐい》で汗を拭《ふ》きながら、莫蓙の上へ腰をおろした。女中は手籠から茶道具と、皿に盛った饅頭《まんじゆう》をそこへ出し、茶を淹《い》れてすすめた。

「ありがとよ」源次は茶碗《ちやわん》を受取りながら、無遠慮な眼で女中を見た、「おらあどうも人の名が覚えられなくって困るんだが、おまえさんの名はなんてったっけな」

「ふつうはすみっていうんですけれど」女中は跼《かが》んだまま俯向《うつむ》いて、恥ずかしそうに答えた、「本当の名はゆうきちなんです」

「ゆうきち、男みてえな名だな」

「ええ、あたしの上に兄があって、生れて半年そこそこで死んだんですって」少し舌ったるい囁《ささや》き声で、女中は云った、「お父っつぁんがばかなくらい可愛がっていて、死なれたあと百日ばかり、本当にばかのようになったそうです、そして、こんども男の子を産めって、おっ母さんをしょっちゅう責めては、いまから名は勇吉にきめたって云うんだそうです」

「死んだ兄の名が勇吉だったんです」と女中は続けた、「それで、生れてくる子がたとえ女でも名は勇吉ときめた、だから男を産むんだぞって、飽きずにおっ母さんを責め続けたんですって」

「そうして女のおまえさんが生れた」

「ええ」と頷いて女中はくすっと笑った、「おっ母さんはまさかと思ったそうですけれど、お父っつぁんは云ったとおり、人別《にんべつ》にも勇吉と届けちゃったんですって」

「家主や町役《ちょうやく》がよくそれでとおしたもんだな」

「いろいろ文句があったんですけれど、おれの子に親のおれが付けた名だって、お父っつぁんは頑張《がんば》りとおした、って聞きました」

母がすみという呼び名を付けて、近所の人たちにも頼み、父親のいないところでは、すみと自分でも云い、人も呼んでくれた。けれども子供たちは耳ざといから、いつか本当のことを嗅《か》ぎつけてしまい、勇吉、勇吉とからかうのであった。あたしの名はおすみだって云い返すと、あくたれな子はそうじゃない勇吉だ、ほんとは男の子だろう、嘘《うそ》だって云うんなら捲《まく》って見せろ、などとからかった。おすみは泣きながら家へ帰ったが、子供は面白がって、なにかというと「捲って見せろ」とはやしたてるのであった。

「笑わないで下さい」と女中は囁くように云った、「あんまり云われるので、あたし自分のを見たんです、恥ずかしいけれど、幾たびも見たのよ、そして男の子のも見て、自分は片輪なんだと思いきめてしまったんです」

「子供のじぶんにはよくあることさ」

「ええ」女中はかすかに頬《ほお》を赤らめながら頷いた、「あたしの友達にせっちゃんという子がいて、その子も男の子にへんなことを云《い》われ、自分のと男の子のとの違うのを見てから、やっぱり自分は片輪なんだ、って思ったと話していました」

それで一生嫁にはゆくまいと決心し、ずっと縁談を断わりとおしてきた。この寮へ女中勤めにはいってからも、縁談はたびたびあったけれど、やっぱり一度も承知をしなかった。むろん片輪などでないことは、としごろになるころにわかってはいたけれど、いざ結婚という話になると、片輪だと信じた、小さいじぶんの恐れが胸によみがえってきて、とても話を聞く気にさえならなかった。そうして、あなたと知り合ったのだ、と女中は云った。

「うまいな」源次は菓子を喰《た》べて云った、「これは並木町の銘菓堂の茶饅頭だな」

「ええ」と女中は眼を伏せて答えた、「あなたがお好きだというので、あなたがいらしったので買っておいたんです」

「うまい」と源次は云った、「おらあこの茶饅頭がだい好きだ」

おかしな名だと思ったが、ゆうきちとは知らなかった。二度めのときだっけかな、あたし本名はゆうきちっていうんです、って云ったんだな。こっちはただおかしな名だと思っただけだが、まさかね。

「なにをこっそり思いだし笑いなんぞしているの」と女が云った、「ここに独り者がいるんですからね、罪ですよ親方」

「嫁にいくのはいやだが、男は欲しいというやつさ、嘘あねえや」

「なんだかおやすくないような話ね」女は源次に酌《しゃく》をし、自分も手酌で飲んだ、「親方その人に惚《ほ》れてたのね」

「ふしぎだ、今夜は酒が飲めるぜ」

「あたしも、うまいわ今夜のお酒」女は源次に酌をし、自分もまた手酌で飲んだ、「親方にはおめにかかったことがあるわね」

「ひとの酒だと思って、あんまり売上をあげるなよ」

「今夜はあたしの奢《おご》り、店もあけないのよ」

「おめえ独りでやってるのか」

「こんなおばあちゃんでは構いてがないでしょ、夫婦別れをしてっからまる二年、雄《おす》猫《ねこ》も近よりゃあしないわ」

「そうじゃあねえ、この店のことさ」

「うまく逃げるわね」女は媚《こ》びた眼でにらんだ、「この店ならあたし一人よ、夕方からはかよいの女の子が二人来ますけれどね、親方さえよかったら今日は休みにしますわ」

またか、また例のとおりか。女たらしってね、おれがなにをしたっていうんだ。夫婦別れをして二年だという。信濃屋のおとよは、亭主に死なれて五年になると云った。亭主は酒と女と博奕《ばくち》で、金をせびるとき以外は寄りつかない。小さな旅籠《はたご》宿でも、しょうばいをしていれば元手が必要だ。食物から衣料、器物や家具の修理など、毎日なにかで出銭がある。亭主はそんなことにお構いなしで、せびるだけせびり、断わりでもすればすぐに手をあげた。いつも軀《からだ》になま傷か痣《あざ》の絶えたことがないのよ、と云ったっけ。五年まえに博奕場で頓死《とんし》をしたとき、うれしくって祝い酒を飲んだくらいだという。それで男にはしんそこ懲《こ》りたから、二度と亭主を持つ気もなし、男もまっぴら。もちろんあんただけはべつだけれど、いっしょになりたいとか、いつまでも続くようになどとは思わない。そしてあんたと切れたらもう一生、男の人なんか欲しくはない、と云った。

「ねえ親方」と女があまえた声で云った、「今夜はあたしにつきあって下さるでしょう」

「ここへ来たのも初めてだし、おめえに会うのもこれが初めてだぜ」

「あたしは子供のじぶんから知っているような気がするわ」女は新らしい燗徳利《かんどっくり》を取って、源次に酌をし、自分の盃《さかずき》にも注いだ、「店は夕方からなんだけれど、親方がはいっていらしったとき、断わるのも忘れちまったのよ、――待っていた人が来てくれた、っていうような気がしたらしいわ」

「三日も泊り込みの仕事でくたびれてるんだ」

「そんならあとで揉《も》んであげるわ、あたしおっ母さんに躾《しつ》けられて、肩腰を揉むの上手なのよ」

「いつかまたな」と源次は云った、「なにか食う物を貰おう」

「薄情なひとね」女はやさしく睨《にら》んだ。

ここは並木通りで、田原町へはひと跨《また》ぎだ。薄情者か、ちげえねえ。おかしなはなしだが、他人から見ればこのおれも、おとよの頓死をした亭主とどっこいどっこい、ってえことになるんだろう。誰もなんにも知りゃあしねえし、知ろうともしやしねえ。人のことは丁半《ちょうはん》できめるように片づけてしまう、てめえのことは棚《たな》にあげてさ。うんざりだ、早く年寄りになって、誰にも構われずに、暢《のん》びりくらしてえだけだ。それにしても五十幾日か、敷居が高えな。

九

田原町の横丁の、表店《おもてだな》の家は格子《こうし》造りで、父親が生きていたころは、そこが看板書きの仕事場になっていた。いまは格子戸の中がすぐに土間で、上《あが》り框《がまち》には障子がたててある。源次は格子をあけて、「帰ったぜ」と声をかけ、上へあがろうとすると、人の足音がこっちへ来、中から障子をあけて、一人の少年が源次の前に立ち塞《ふさ》がった。

「よう、秀か」と源次が云った、「おふくろはいるか」

秀次は十三歳の筈《はず》だが、源次の眼《め》には十五六にもみえた。土間から見あげているためか、背丈も高く、軀ぜんたいが逞《たくま》しくなったように思えた。

「帰んなよ」と秀次は声変りしかけている声で、無表情に云った、「ここはおれたちのうちだ、おめえなんかの来るところじゃあねえぜ」

源次は口をあいた。自分の聞いたことがなんだか、まるで理解ができなかったのだ。

「なにを云うんだ、秀」と源次はあいまいに微笑しながら云った、「おめえねぼけてるのか、おれだぜ、ちゃんだぜ」

「うちにはちゃんなんぞいねえよ」と秀次は云い返した、「かあちゃんとねえちゃんと、おいらの三人だけのうちだ、帰ってくれよ」

「おいおい」源次は笑い顔で云った、「からかうのもいいかげんにしろよ、秀、おめえまさか、本気で云ってるんじゃあねえだろうな」

「自分でわからねえのかい」秀次は両手を太腿《ふともも》に沿っておろしていたが、その両の拳《こぶし》は見えるほどふるえていた、「――ここはおれたちのうちだ、ちゃんもいたけれど、ちゃんの名は人別から抜いちまった、家主のおじさんも町役の旦那《だんな》も承知のうえなんだ、嘘だと思ったらきいてみればわかるよ」

「人別から抜いたって」源次はまた口をあき、それから静かに云った、「このうちの世帯主はおれだ、世帯主のおれを人別から抜くなんてことが、できると思うのか」

「ねえちゃん」と秀次は奥に向かって云った、「差配《さはい》さんと自身番《じしんばん》へ知らせてくれ、うるせえことになりそうだからな」

返辞はなかったが、裏の勝手口の戸をあける音が聞え、源次はかっとのぼせあがった。

「おつね」と源次は奥へ向かって喚《わめ》いた、「出て来いおつね、これはどういうことだ」

「大きな声をだすなよ、みっともねえ」と秀次はおとなびた口ぶりで云った、「どういうことか、わけはそっちで知ってる筈じゃねえか、差配さんにも自身番にも話してあるんだ、あの人たちが来ねえうちに帰るほうがいいぜ、さもねえと無宿人《むしゆくにん》の咎《とが》でしよっ曳《ぴ》かれるからな」

源次は子供を殴りつけようかと思った。軀じゅうがむずむずし、両の拳がふるえた。しかし、眼の前に立ちはだかっている秀次には、母や姉や自分をひっくるめて、この家を守ろうとする決意のようなものが感じられて、源次は思わずたじろいだ。

「わかった、それならそれでいいんだ」と源次は顔をあげ、虚勢を張って云った、「また出直して来るよ」

「来なくってもいいよ」と秀次は云った、「誰も待っちゃあいねえからな」

毛を挘《むし》り取られ、皮を剝《は》がれたようなもんだ、と源次は思った。自分はそういう扱いをされるようなことをしたんだ、という悔恨と、仮にも親子じゃあないか、親子夫婦じゃあないか、といういきどおりとが、心の中で絡《から》みあい、立っている力が、足から地面へ吸い込まれてゆくように感じられた。

「そうか、そうか」源次はべそをかくように微笑して、片手をゆらっと振った、「いいよ、わかったよ、女房子から無宿人にされたなんて話は聞いたこともねえが、おれが悪かったんだろう、いや、おれが悪かったんだ、勘弁してくれ、みんな達者でな」

そして、源次は格子をあけて外へ出た。出たとたんに、六尺棒を持った番太と、二人の若い者を伴《つ》れた差配と顔を合わせた。かれらは源次の出て来るのを予期していなかったらしく、彼の顔を見るなりうしろへとび退《の》き、番太は六尺棒を斜に構えた。

「いや、いいんだいいんだ」源次は片手を振った、「もう済んだんだ、悪かったな、もう大丈夫だ、なにもごたごたはありゃあしねえんだから」

そう云っているとき、かれらを押しのけるようにして、半纏着《はんてんぎ》に股引《ももひき》姿の若い男が前へ出て来た。

「ようやっと会えましたね」

「なんだ、根岸の忠吉じゃねえか」

「この七日間、ずいぶん捜しましたぜ」とその若者は左右の番太や差配たちを見まわしながら云った、「五日めえに多平と会いましてね、昨日から神田川の側《そば》の旅籠宿で待ってたんです、これから来てもらえますか」

「来いといって、どこへ」

「根岸へですよ」と若者は云った、「親方が待ってるんです」

「多平はいまでも根岸か」

「来てもらえるんですか」

源次は差配を見、番太や男たちを見た。妻や子供たちに人別帳から抜かれ、無宿人にされた。無宿人、――そしていまは根岸へ呼びだされている。多平が云った、誰かが跟《つ》け覘《ねら》っている、捜しまわっているってな、それはこのことだったのか。この差配や番太たちのことはどっちでもいい、ここを温和《おとな》しく出てゆけばそれで済むことだ。しかし、根岸のあにいはどんな用があるんだろう、なぜおれのことを捜しまわっていたんだろう、と彼は思った。

「用が出来たんでね」源次は番太と差配たちに云った、「あっしはこれで失礼します、もうこの町内へ帰ることもねえでしょう、お世話さまになりました」

さあゆこう、忠公、と源次は云った。まるで屠所《としょ》に曳かれるなんとかのようだな、あるきだしながら、源次は思った。おれがなにをしたというんだ、云い遁《のが》れはしねえ、女房や子供、女たちには薄情だったかもしれないけれどもそれにだってわけはあるんだ。誰もわかっちゃあくれねえが、おれだって人間だ、犬畜生じゃあねえんだ。女たらし、薄情者、こんどは無宿人、そして罪人かなんぞのように、根岸へしょっ曳いていかれるのか。もういいや、どうにでもしてくれ、勝手にしやがれだ、と源次は思った。

根岸の清七は五十二歳。源次のあにき分であり、日暮里の植甚では一の身内であり、そして植甚の外仕事のいっさいを切り廻《まわ》していた。大親方の甚五郎は幕府のお庭方御用を勧め、千駄谷《せんだがや》御林の管理を任されている。ほかに国持ち大名諸家からの用は「外仕事」と云い、それを賄《まかな》っているのが根岸の清七であった。

「まあおちつけ」と清七が云った、「そこへ坐《すわ》れよ、楽にしろ」

清七の妻で五十歳になるおこんが茶と菓子を持って来、あなたの好きな並木町の饅《まん》頭《じゅう》よ、銘菓堂の茶饅頭、覚えてるでしょと云った。おこんは子を産まないためか若く、せいぜい三十五六にしかみえない。肌《はだ》も桃色でつやつやしく、ほどよい肉付きで、笑うと左の頬にくっきりと笑窪《えくぼ》が出た。

——あの女にも云ったのだろうか、源次は饅頭を摘《つま》みながら思った。向島の寮の女中だった、へんてこな名めえの女だったな、おんなじ饅頭だった、そうか、浅草並木の茶饅頭だったのか、おれが忘れてるのに覚えていてくれたんだな、しかし誰が頼んだ。おれはそんなことは、一度だって口にしたこともねえぞ。

源次は茶を啜《すす》りながら、饅頭を二つ喰べた。清七はきせるでタバコをふかしふかし、重い荷物でも背負っているように、肥えた自分の膝《ひざ》を見おろしてい、おこんは自分の可愛《かわい》い子でも見るように、眼を細め、唇《くちびる》をほころばせたまま、まじまじと源次の顔を見まもっていた。

「いつ喰べても」源次は唇を手で拭《ふ》きながら、おこんに云った、「銘菓堂の茶饅頭はうまいですね」

「源《もと》さんは昔っから好きだったわね」

「もういい」と清七が云った、「話があって呼んだんだ、おめえはあっちへいってろ」

「相変らずこうなのよ」

「うるせえ、あっちへいってろと云ったろう」

「わかりましたよ」と云っておこんは立ちながら源次を見た、「あとで晩ごはんを持って来るけれど、源さんなにがいい」

だが清七に睨まれると、おこんは首をすくめながら出ていった。源次は坐り直し、上眼《うわめ》づかいに清七を見た。

「おたいが死んだ」清七が低い声で云い、きせるをはたいた、「知っているか」

源次は片方へ首をかしげ、次に反対のほうへ首をかしげた、「――おたい、って誰ですか」

「おまえ、まじめなのか」

源次は眼をみはって、なにか云いかけたまま、口をつぐんだ。

「わかった、本当に忘れたらしいな」清七は頷《うなず》いて、きせるをそっと莨盆《たばこぼん》の上に置いた、「それじゃ済まねえことなんだが、相手がおまえじゃあしようがねえ、おたいとはな、池之端《いけのはた》の六助んとこの女中だ」

源次は考え考えきき返した、「ちぢれっ毛の太った、あの女ですか」

「そんな云いかたがあるか、仮にも人間ひとりが死んだんだぞ」

「済みません」源次はおじぎをしたが、なにか腑《ふ》におちないように口ごもった、「けれども、その女が死んだのと」

「首をくってだ」

「へえ、済みません」源次はまたおじぎをし、それから首をかしげた、「――あっしにはまだわからねえんだが、いったいその女が首を吊《つ》って死んだのとあっしと、なにか関係でもあるんでしょうか」

剛《こわ》いしらがの疎《まばら》に伸びた、清七の頰《ほお》が見えるほどひきつり、大きな眼がぎらっと光った。

十

清七夫婦のあいだにはいまだに子がないし、日暮里にいたときから、大きな声を出したり怒ったりしたことはなかった。けれども清七が本気で怒るときには、頰がひきつるのと、眼の光とですぐにわかった。昔からわかっていたことだし、それは大親方のかみなりよりも、身内の者たちをちぢみあがらせたものであった。いまにもなにかされるかと、反射的に身構えたとき、障子をあけて福太がはいって来た。としは源次と同じ三十七、小太りで肩がいかつく、ぶしょう髭《ひげ》が濃く、唇が厚くて大きかった。

「とうとう捉《つか》まえたぞ」と福太は源次の前へ音を立てて坐りながらどなった、「三十日の余もてめえを追っかけていたんだ、よくも鼬《いたち》のようにうまく逃げまわっていやがったな」

「話は静かにしろ」と清七が云《い》った、「気の早いのが福の悪い癖だぞ」

「あにいはまあ聞いてて下さい」福太は源次を睨んだまま強く頭を振った、「こいつには云いたいことが山ほどあるんだ、そのたいていは自分の恨みや憎《にくし》みだから、今日までがまんして云わずにきたが、こんどはそうはいかねえ、こいつは日暮里の大親方はじめ、身内の者ぜんたいの顔に泥《どろ》を塗ろうとしていやあがるんだ」

おれをつけ覘っている者があると、多平の云ったのは福だったのか、と源次は思った。それにしても、植甚の身内ぜんたいの顔に泥を塗る、という言葉には吃驚《びっくり》したようであった。

「ちょっと待ってくれ、福」と源次は坐り直した、「いま云ったことはどういうことだ、いや待て、そのまえに自分の恨みとか憎みとかってのは、どういうことか聞かせてもらおうか」

福太はとびだしそうな眼で、源次の顔をじっとみつめ、膝の上の拳をふるわせた。

「六助んとこのおたいが死んだことは聞いたか」と福太は云った、「聞いたろうな」

源次は頷いた。

「可哀《かわい》そうに、首を吊って死んだそうだ、――書置にはおめえが夫婦になると約束してくれたが、としも二十八になってしまい、約束もあてにはならなくなった、もう生きている張合いもないから、と書いてあったそうだ」

「それは違う」源次は首を振った、「おれはそんな約束なんかしたことはないし、こっちからちょっかいをしかけたことさえないんだ」

「じゃおすがのときはどうだ」

源次はまばたきをし、のろのろと下唇を舐《な》めた、「おすがって、誰のことだ」

「きさまはそういう人間だ」

もう少し穏やかに話せないのか、と清七がたしなめたが、福太は耳にもいらぬようすで、声は低めだが、その姿勢には殺気めいたものがあらわれてきた。

「きさまはそういう人間だ」と福太はけんめいに自分を抑制しようとしながら云った、「よく考えてみろ、まだ日暮里にいたじぶん、道灌《どうかん》山の下にあった掛け茶屋に、きれいなきょうだいの娘がいたろう」

源次は首をかしげながら、なにか口の中で呟《つぶや》いていたが、それを思いだしたのだろう、あっという表情で福太を見た。そのとき清七の妻のおこんが、茶菓子を持ってはいって来たが、清七がきつい眼つきで頭を振るのを見ると、なにも云わずに温和しく出ていった。

「おすがっていうのは妹のほうだった」と福太は云った、「おおよそ二十年まえ、てめえとおれは十八で、おすがは十五、細っこい軀《からだ》の、小柄《こがら》な、ひ弱そうな可愛い娘だった、てめえはそのおすがを、――まだほんの小娘だったおすがを、たらしこんで捨てやがった、覚えてるだろう」

源次は眼をつむった。それも違う、そうじゃなかった。あの娘はひ弱でもなく、小娘でもなかった。とんでもない、あんなに軀が丈夫で、いろごとに飽きない女はほかにいなかった、と彼は思った。

「きさまに捨てられてからおすがはぐれだして、自分から廓《くるわ》へ身売りをし、それから岡場所へおちて、御府内の岡場所を次から次へと渡りあるいた」と福太は続けて云った、「――そのあげくがけころ、夜鷹《よたか》にまでなりさがって、いまはゆくえ知れず、生きているのか死んじまったかもわからねえ、おれはあの娘が好きだった」

福太はそこで喉《のど》を詰まらせた。彼はもう外聞も恥もなく、抑えていた恨みと怒りを、手に取って叩《たた》きつけるように感じられた。

「おれは死ぬほどおすがを好きだった」と福太は云った、「あと一年か二年したら、嫁にもらうつもりだった、本気でそう思っていたんだぞ、それをてめえはめちゃめちゃにしちまやあがった、相手がてめえだということはあとでわかったが、そのときわかっていたら、おらあきっとてめえを殺していただろう」

そうだったのか、それで福は独身のままでいたのか、と源次は思った。いや、まさか、どんなに一徹な人間だって、一人の女のために独身をとおすなんて、そんなことがある筈はないし、もしあるとすれば尋常な人間じゃあない。そんな男はどこかが狂っているんだ、と源次は思い直した。

「てめえが女たらしだってことを知らねえ者はねえ、これまでにどれほど女をたらし、どれほどの女を泣かせ一生をだめにしたか、自分も数えきれねえだろう、おまけにだ」と云って福太は自分の両の膝がしらを力いっぱい摑《つか》んだ、「――おまけにてめえは女房子まで捨てちまって、安飲み屋の女なんぞを、次から次と騙《だま》しあるいているそうだ、おすがのことだけなら、いままでもてめえを殺してやりてえが、自分の女房や子供までみすてるような男には、殺す値打もありゃあしねえ」

きさまは女ばかりでなく、木や草までたらしこむやつだ、と福太は続けた。植木職としては慥《たし》かに腕っこきだし、それは大親方も身内の者もみんなが認めている。けれども、きさまの手がけた木が、すべて注文どおりに育ち、一本のしくじりもなかった、というのは不自然だ。人間のすることなら、どんな名人上手にだって誤りや仕損じはある。それが人間であることの証拠だ、そうじゃあねえか、と福太は云った。源次はなお黙っていた。

「これはおれがてめえに云いたかったことだ」と福太は坐り直した、「だが、これから云うことは恨みや泣きごとじゃあねえ、植甚の身内ぜんたいの外聞にかかわることだ、いいか、腹を据《す》えて聞けよ」

「まず初めに」と福太はすぐに続けた、「てめえはとくい先へいって自分の植えた木の手入れをし、妙なぐちをこぼしては金をねだり廻っているという、てめえはねだったことなんぞねえと云うだろうが、そのたびにめしを食い包み金を貰《もら》えば、つまりねだりにゆくっていうことに変りはねえ、なぜなら、てめえはもう植木職じゃあねえからだ」

源次は屹《きっ》と顔をあげたが、やっぱりなにも云わなかった。

「てめえのことはいろいろ聞いた」福太は嘲笑《ちようしよう》するように云った、「――どこそこの庭へ植えた松の、いちばん大事な枝を切られたとか、どこそこではなになにの木の枝を、邪魔だからといって切られたってな、——竜閑町の岩紀さんでも、伊豆清の向島の御隠居のとこでも、そのほかかね徳さんふじ吉さんでも、同じような泣きごとを並べたっていう、それもただ気をひいて、僅《わず》かな包み金をねだるためにだ、そうじゃあねえのか」

「根岸のあにい」と源次は清七に云った、「おれにも少し話させてもらえますか」

清七はタバコに火をつけながら、福太を見た。福太は待っていたように膝をにじらせて、「云いたいことがあったら云ってみろ、聞くだけは聞いてやる」と云った。

「人間てなあおかしなもんだ」と源次は低い声でゆっくりと云いだした、「子供のときからいっしょに育っても、相手の心のなかや考えていることまではわからねえ、口に出して云ってみたって、信じる者もあるし信じねえ者もある、人間には酒の好きなやつもいるし、饅頭の好きなやつもいる、酒の好きなやつに饅頭の話をしたってわかりゃあしねえ」

「ごまかすな」と福太が云った、「酒だの饅頭だのと、よけいなことをぬかさずに、云いてえことをはっきり云ってみろ」

「おらあ女をたらしたことはねえ、誰も信じねえかもしれねえが、おらあ女をくどいたこともなし、ちょっかいをだしたこともねえ、そんなことは一度もしたことはなかった」と源次は云った、「――福には悪いが、おすがという女もそうだ、おめえはひ弱な小娘だって云ったし、そう信じているんだろう、けれども本当はそうじゃなかったんだ、いや、まあ聞いてくれ、どんなふうにそうじゃなかったか、ってことは云やあしねえ、云っても信じちゃあもらえねえだろうからな、しかし違うんだ、違うんだ、そうじゃあなかったんだよ、福」

「およそ二十年まえのことだ、てめえの云うことが嘘《うそ》か本当かってことを、いまここで慥かめるわけにはいかねえ、おらあ聞くだけは聞くと云ったんだ、いいから云いてえことをすっかり云ってみろ」

「信じようと信じめえと勝手だが、おらあ一度だって女に手を出したこたあなかった」と源次は云った、「――いつでも女のほうから寄ってくるんだ、うぬ惚《ぼ》れてると思うなら思うがいい、だが、こっちにはなんの気もねえのに、番たび女からせがまれてみろ、うんざりするどころか反吐《へど》をはきたくなるぜ」

「どうにでも云えるさ、証拠はねえからな」

「おすががひ弱な小娘だった、っていう証拠はあるのか」

「女房や子供たちをみすてたことはどうだ」と福太がやり返した、「人間のすることにいちいち証拠なんかはねえ、と云いてえんだろう、いかにも、証拠をどれだけ集めたって、人間のしたことの善悪はきめられるもんじゃあねえだろう、だがな、ときには動かねえ証拠ってものもあるんだぞ」

十一

「さっきも云ったように、てめえはとくい先へいっては、どこそこの屋敷へ植えた松ノ木の、いちばん大事な枝を断わりなしに切り落されたとか、どこそこではなんの木の枝、どこそこではなんの木と、育てた木の大事な枝を断わりなしに切られた、と泣きごとを並べた、そうだろう」と福太が云った、「――そう云ったことに間違えはねえだろうな」

「そうだからそうだと云ったんだ」

「嘘をつけ、本当のことはわかっているんだぞ、てめえは自分で木の枝を切った、松ノ木もほかの木も、みんな自分で切り落したんだ、ちゃんと見ていた者がいるんだぞ」

源次はなにか云おうとしたが、口から言葉は出なかった。彼は片手で額を横撫《よこな》でにし、俯向《うつむ》いて自分の膝をさすった。

「さあ」と福太が云った、「なんとか云ってみろ、なにが嘘でなにが本当だ」

源次は考えていてから、根岸のあにい、冷やでいいから酒を一杯貰えまいか、と清七に云った。福太は、ごまかすなと云った。清七はそれを制して妻を呼び、酒を持って来るように命じた。おこんは不審そうな顔をしたが、まもなく湯呑茶碗《ゆのみぢやわん》に酒を注いで持って来た。源次はそれを受取ると顔をしかめて半分ほど呷《あお》った。

「おらあ女房子の手で人別をぬかれ、無宿人にされちまった」と源次は云った、「——罪はおれにあるんだろう、三年も家族を放ったらかしにしていたんだから、だがな福、なぜおれが職をやめ、うちをとびだしたか、っていうことにゃあ、それなりのわけがあるんだ」

「またうまく云いくるめるつもりか」

「そう思うなら思うがいい、だが聞くだけは聞いてくれ」と云って源次はさもまずそうに酒を啜った、「——女房のおつねは、おれが初めて惚れた女だ、かね徳の隠居所でなかばたらきをしていたのは、福も知ってるだろう、口かずの少ない、羞《はにか》みやの温和《おとな》しい娘だった、おれは生れて初めて、こんな娘もいたのかと思い、隠居に頼んでむりやり女房に貰った、田原町へうちを借りて、それから今日まで十五年か、子供も二人生れたし、貧乏世帯《じよたい》だが食うに困るようなことはなかった」

それが三年まえの九月、頼まれて朴《ほお》ノ木を捜しにいった。青梅《おうめ》から八王子、御嶽《みたけ》の奥まであるきまわった。そうしてようやくこれはと思うような木をみつけ、それをひいて江戸へ帰ったのが八日め。頼まれた屋敷の庭へ移して、すっかりあと始末をしてから家へ帰ったのが、十二日めであった。

「おらあくたびれていた、半月ちかく湯にもはいらず、ろくな物を喰《た》べずに山あるきをしてきたあとだ、とにかく湯にはいって、うちのめしをゆっくり喰べようと、それだけをたのしみに帰ったんだ、ところが」と云って源次は酒をきれいに飲み干した、「——ところが、おつねのやつは、おれの顔を見るなり、めしの支度はそこに出来てるよ、って云ったまんま勝手へいっちまやがった、——めしの支度はそこに出来てるよって」

源次はそこで歯を見せた。笑ったのではない、自分では笑ったつもりだったかもしれないが、それはむしろ泣きべそのように見えた。

「おつねは変っちまった、生れて初めて、心から惚れた女だったが、もうおれの惚れたおつねじゃなくなっちまった」源次は頭をぐらっと揺らした、「——なぜだかわからねえ、諄《くど》いようだが、おらあ半月ちかくも仕事で山あるきをし、埃《ほこり》だらけで骨までくたびれて帰ったんだ、それをお帰りなさいでもなく、さぞ疲れたでもねえ、いきなりそっぽを向いて、めしの支度はそこに出来てるよ、って」
「てめえのひごろのおこないが悪いから、どこか女のところへしけ込んでいたとでも思われたんだろう」
「夫婦とは一生のもんだ、おらあそう思ってた、ところがおれの場合はそうじゃなかった」と源次は云った、「夫婦なら亭主のおこないが悪かったら、そう云ってくれる筈《はず》だ、おつねはなに一つ苦情らしいことも云わず、やきもちをやいたこともなかったのに、急に化けでもしたように人間が変っちまった、おれのおつねじゃなく、見も知らねえ女になっちまったんだ」
「植木だっておんなしこった」と源次はすぐに続けた、「おれが木を選ぶんじゃねえ、木のほうでおれを呼ぶんだ、そしておれの移した木は、殆《ほと》んどおれの思ったように育つ、九分九厘《くぶくりん》まで失敗はなかった、だからとくいにも重宝がられたし、大親方も看板を分けてくれたんだろう、だがな、福、——おれの手で植えおれの手で育てた木も、いつかはおれの手からはなれていっちまうんだ」
「そんなことはわかりきってらあ」
「福の云うとおり」と源次は構わずに続けて云った、「おれの泣きごとはみんな嘘だった、松ノ木もほかの木も、大事な枝を切り落したのはこのおれだ、植えた木は或《あ》るところまでは思うように育つ、秀《ほ》の立ちかたも枝の張りかたも、こっちの思惑どおりに育つけれども、或るところまでくると手に負えなくなっちまう、自分で引いて来て移し、大事にかけて育てた木が、みるみるうちに自分からはなれて、まるで縁のねえべつな木になっちまうんだ」
「だから枝を切ったっていうのか」
「そうだ、だから切ったんだ」
「木は育つもんだ」と福太が云った、「盆栽でもねえ限り、植えた木は必ず育ってゆくもんだ、それを庭に合わせて手入れをするのが、植木職のしょうばいじゃあねえか」
「それでおらあ職をやめたのさ、自分の手塩にかけた木が、自分からはなれてゆくのを見ちゃあいられなかった、うちをとびだしたのもそのためだ、自分の女房子が自分の女房子でなくなっちまったら、もうおれのうちじゃあねえ、おれと女房子とはもう赤の他人なんだ」
「それなら人別をぬかれたのに文句を云うことはねえだろう」
「むろん文句なんか云やあしねえ、ただ、もしかしたらわかってもらえるかもしれねえと思って、話したまでのこった」

「てめえの云うことは、どこまでが本当でどこからが嘘かわからねえ」と福太は云った、「だがここで、はっきり断わっておくぞ」彼は言葉の意味を強めるためだろう、ちょっと息をぬいて、声をひそめた、「——これからはとくい先へ近寄るな。きさまはゆく先ざきで、植甚の名を笑いものにしている、職をやめたんだからもう植木に手を出すな、わかったか」

「そのくらいでいいだろう」と福太を制して清七は源次に云った、「——福の云ったことは、日暮里の身内ぜんたいの意見だ。おまえのためにも、この辺でほかのしょばいに変るほうがいいんじゃないか。それなら相談にのってもいいぜ」

「ねえあんた、今夜浮気しない」
「おらあ文無しだぜ」
「お金ならあたしが少し持ってるわ」
「ここはどこだ」
「入谷《いりや》よ、知ってるくせに」
「知ってるくせにか」と云って源次は酒を啜《すす》り、頭を垂れた、「——人間なにを知りゃあいいんだろう、おれのおやじは看板書きで、おれも看板書きにするつもりだったんだろう、字を教えて源次という名を付けた、源平の源という字だ、源《もと》って読むんだが、そう呼んでくれたのはほんの二三人で、ほかの者はみんな源次《げんじ》って云った。——源次《げんじ》、源次《もとじ》、——そして女たらしだって、——おらあ一度だって女をたらしたことなんぞなかった」

「親方のような人なら、女は誰だってころりよ、もう一杯ちょうだい」と女が云った、「あたし今夜は酔っちゃうわ、いいでしょ」

「おらあ」と源次は口ごもった。

「文無しでしょ、もう五たびも聞いたわ、ここはあたしの店、ちっぽけだけれどあたしがこの店のあるじよ、今夜は表を閉めちゃうわ、ねえ、二人でゆっくりやりましょうよ」

「飽きるほど聞いた文句だ」源次はまずそうに酒を啜った、「——だらしがねえ、だらしがねえぞ源《もと》、てめえは世間からおっ放《ぽ》り出されたんだ、女房子にもみはなされた、これからどうやって生きてゆく、橋の袂《たもと》にでも坐《すわ》るか」

「なにをぶつぶつ云ってんのさ、ねえ、お酌《しゃく》して」

「ゑひもせす」と源次は呟いた、「——おらあもう、あとのねえ仮名だ、ゑひもせすで仮名は終りだからな」

「ちょいと」女は彼の首に手を絡《から》んだ、「ねえ、あっちへいかない、ねえ、ちょっとでいいから横になろうよ」

うるせえ、と源次は云おうとしたが、首を振り、腹掛のどんぶりの中から財布を出すと、それを女の手に渡し、立ちあがって店から外へ出ていった。どうすんのよ、あんた、とうしろから女の呼ぶ声が聞えた。

たそがれの入谷で、まえには田圃《たんぼ》といわれたが、いまでは武家の下屋敷などが出来、名高いさいかち並木などもなくなっていた。

源次はこれというあてもなく、昏《く》れてきた道をあるいてゆきながら、幾たびも片手で眼《め》をぬぐった。

「福太のやつは、そんなことで女房を貰わなかったのか」と彼は呟《つぶや》いた、「——あの娘がどんな女だったかも知らず、見かけだけでそこまで惚れることができる、とはどういうことだろう、おれのこともあいつのことも、どっちも可笑《おか》しなもんだ、人間てものは、生れたときに一生がきまるものらしいな、福のやつもこれからの一生を変えることはできねえだろう、えらそうなことを云ったって、どうなるもんか、ざまあみろ、——そうさ、そういうおれだっておんなしこった、人間なんてみんなそんなもんさ、ざまあみやがれ」

源次はまた眼をぬぐい、迷い犬があるくような、力のない足どりであるいていった。

やがて向うに遠く、濃いたそがれの中に、はなやかに灯の明るい一画が見えてきた。

「なか（新吉原）だな」と彼はまた呟いた、「ああいう世界もあるんだな」

静かな木

藤沢周平

藤沢周平（ふじさわ・しゅうへい）

一九二七年、山形県生れ。山形師範卒業後、結核を発病。上京して五年間の闘病生活をおくる。七一年、「溟い海」でオール讀物新人賞を、七三年、「暗殺の年輪」で直木賞を受賞。時代小説作家として、武家もの、市井ものから、歴史小説、伝記小説まで幅広く活躍。『用心棒日月抄』シリーズ、『密謀』、『白き瓶』（吉川英治文学賞）、『市塵』（芸術選奨文部大臣賞）など、作品多数。九七年死去。

一

布施《ふせ》孫左衛門《まござえもん》が五間川の河岸《かし》の道を城下にもどってくると、葺屋《ふきや》町のはずれにあっていつも必ず目をひく欅《けやき》の大木が見えた。

木が立っているのは福泉寺という寺の境内で、福泉寺は城下でただ一寺だけというめずらしい時宗の寺である。創建は室町中期といわれ、いまも藩から知行七十石の黒印状をもらっている由緒《ゆいしょ》ある寺だが、福泉寺は建物は古びて、いつ行っても森閑と人《ひと》気《け》のない寺だった。

欅は寺門を入って間もない右手に立っていて、秋の末になるとだだっぴろい境内に夜も昼も休みなく落葉を落とす。その時期に寺をたずねると、ふだんはほとんど姿を見かけることない寺僧がせっせと落葉を掃いているところに出くわすことがあった。そのように福泉寺のことにくわしいのは、孫左衛門が隠居の身分で気散じによくそのあたりまで散歩にくるからである。

しかしいま布施孫左衛門が五間川の岸を歩いているのは散歩ではなく、肩にかついでいる釣竿《つりざお》で知れるように、ひさしぶりに釣りに出かけたのである。だがもはや川釣りの季節は過ぎたのか、魚はさっぱり釣れず、また釣り人にも出会わなかった。それでいつの間にか、かなりな上流まで遡《さかのぼ》ってしまったらしい。

ふと気がつくと、いつもは城下から遠くに見える丘がすぐそばまで逼《せま》っていて、傾いた日が丘の雑木の梢《こずえ》にかかるところだったし、取り入れが終った田圃《たんぼ》のむこうに見えている村も、これまで見かけたことのない集落である。孫左衛門はいそいで糸を巻き、岸辺の細道を帰ってきたのだが、馬場横の広い河岸道にたどりついたころには、日は西空の下に低く這《は》っている丘のむこうに落ちてしまった。

足もとの道にも、すぐそばを瀬音を立てて流れる川の上にもうす闇《やみ》が這い、そのたそがれいろはこれからもどって行く城下の町町をも黝《あおぐろ》く包みはじめている。

福泉寺の欅は、闇に沈みこもうとしている町の上にまだすっくと立っていた。落葉の季節は終りかけて、山でも野でも木木は残る葉を振り落とそうとしていた。福泉寺の欅も、この間吹いた強い西風であらかた葉を落としたとみえて、空にのび上がって見える幹も、こまかな枝もすがすがしい裸である。

その木に残る夕映えがさしかけていた。遠い西空からとどくかすかな赤味をとどめて、欅は静かに立っていた。

——あのような最期《さいご》を迎えられればいい。

ふと、孫左衛門はそう思った。

孫左衛門は五年前に隠居し、二年後には還暦をむかえる。隠居する前は勘定方に勤めていた。いまは総領の権十郎《ごんじゅうろう》が跡をついで同じ勘定方に出仕している。子はほかに一男一女がいるが、二人とも良縁を得て他家の人となっている。

隠居した直後の五年前に、連れ合いの季乃を急な病気で喪《うしな》ったこと、およそ二十年ほど前に、勘定方で起きた不祥事に巻きこまれて家禄《かろく》を十石減らしたことが痛恨事として胸に残ってはいるが、人間の一生には山もあれば谷もあり、このぐらいの不しあわせがあって晩年をむかえることが出来ればよしとすべきなのかと、孫左衛門は思うことがある。

連れ合いであれ自分自身であれ、老年の死はいずれ避け得ないものである。それなのに季乃の死を痛恨事と思う気持が消えないのは、季乃がようやく老年の入口に立ったばかりだったたからだろう。おだやかな晩年をむかえる間もなく、季乃は急死した。

孫左衛門がいまのように、ふと老年の死を身近に感じることがあるようになったのは、連れ合いを失ってからである。福泉寺の欅にこころをひかれるのも、それと無縁ではないだろう。欅は老木だった。幹は根本の近くでは大人が三人も手をつながなければ巻けないほど太く、樹皮は無数のうろこのように、半ば剝《は》がれて垂れさがっている。そして太い枝の一本は、あきらかに枯死していた。

　欅は春には新芽をつけ、やがて木を覆《おお》いつくした新葉がわずかの風にもざわめき立って、三月の日を照り返す。その光景をうつくしいと思わぬではないが、孫左衛門はなにかしら仮の姿を見ているようにも思い、木の真実はすべての飾りをはらい捨てた姿で立っている、いまの季節にあるという感想を捨てきれない。ただしそれは老年の感想というべきものかも知れなかった。

　城下に入る前に、五間川は大きく左に蛇行して、市中に入る孫左衛門と別れる。そこに立ちどまって孫左衛門は福泉寺の欅がある方角に目を上げた。家の陰にかくれたのか、それとも日が落ちて闇にのみこまれてしまったのか、木はもう見えなかった。かわりにあちこちに家家の灯がともりはじめている。しかし孫左衛門のこころの中には、さっき馬場の柵《さく》横のあたりで見た欅が、まだまぼろしのように立っていた。

　鶴子町の家にもどると、すぐに嫁の多加《たか》が出てきてお帰りなさいませと言った。そして孫左衛門がわたす魚籠《びく》をうけとりながら、中をのぞき見もしないでつづけた。

「今日は遅うございましたこと」

「釣れんので遠くまで行ってきたのだ。いや、疲れた」

遠くまで行って、釣れたのはようやく山女《やまめ》一尾である。孫左衛門は急に疲れを感じて、上がり框《かまち》に腰をおろした。すると、いつもならすぐに濯《すす》ぎの水を持ってくる嫁が、板敷に坐《すわ》ったままで言った。

「さきほど久仁《くに》どのがみえまして……」

「久仁がどうした」

孫左衛門は笠《かさ》を取り、草鞋《わらじ》に手をのばしていたが、その手をとめて嫁を振りむいた。

「おとうさまにご用があるとのことでしたが、釣りに出かけましたと申しますと、夜分に出直してくると申されて帰りました」

「用というのを聞いたか」

「はい。内密のお話ということで、おっしゃいませんでした。でも……」

多加はふだんは口数の少ない女だが、なにか気がかりなことがある様子でつけ加えた。

「とても急なご用があってたずねてみえられたように思えました。わたくしの思い過ごしかも知れませんけれども……」

いや、思い過ごしではあるまい、と孫左衛門は思った。

久仁は権十郎の妹で、末子の邦之助《くにのすけ》の姉である。百人町の石沢家に嫁いでいるが、石沢家は姑《しゅうとめ》がまだ元気で、久仁自身も三人の子持ちなので、外に出ることなどはめったにない。百人町は鶴子町からさほど遠からぬ場所にあるのに、吉凶のことでもなければ久仁が実家にくることはほとんどなかった。

孫左衛門は草鞋の紐《ひも》をしめ直した。立ち上がると、多加がおどろいたように言った。

「石沢においでになるのですか」

「急用ならば捨ておけまい」

「でもお疲れでしょうし……」

多加は坐ったままで孫左衛門を見上げた。

「久仁どのは、夜分にまた参られると……」

「あの家は大所帯だ。夜分の外出など叶《かな》うものではない」

行ってくると孫左衛門が言うと、多加はあわてて言った。

「お着がえをなさいませ」

「なに、このままでよい。着がえたりすると億劫《おっくう》になる」

「おなかもおすきでしょうに」

「そうだな。白湯《さゆ》を一杯もらおうか」

白湯を一杯、土間で立ちのみしてから、孫左衛門は外に出た。

嫁の前では押し隠していたが、外に出ると孫左衛門の胸は不安で波立った。内密の話とは何だ、と思った。死んだ母親に似て、久仁は若いが分別にたけた女である。その久仁が、夜分にまた出直してくると言ったからには、何か尋常でないことが起きたのだ、と孫左衛門は思いながら、暗い道を百人町にむかっていそいだ。

二

久仁の家を出て百人町を西に横切ると、しもた屋や長屋がある町人まちに入り、そこも突っきると城下でいちばん繁華な商人まちの通りに出た。

通りの大きな店はすべて戸をしめて、道はひっそりとしていたが、上手の青柳町の方で、まだ夜商いをしている店があるとみえ、一、二カ所灯火があかるく道を照らしているのが見えた。孫左衛門はひろい道をわたって心おぼえの路地に入ると、家家の間を抜けて河岸道に出た。そこはさっき葺屋町の南でわかれたあと、しばらく町のへりを西に流れてからふたたび北に向きを変えて市中に入ってきた五間川の河岸である。

孫左衛門は五間川にかかる行者橋をわたって、河岸道を少し北に後もどりしてから、武家町である代官町に入って行った。そこは次男の邦之助が婿《むこ》入りした間瀬家がある町である。

妻に呼び出されて表口の板敷に出てきた邦之助は、父親を見るとそそくさと土間におりて下駄をつっかけた。

邦之助の妻がおどろいたように、旦那《だんな》さまと言った。

「おとうさまに上がっていただかなくともいいのですか。父も母も、上がってもらえと言っておりますけど」

「いいんだ」

邦之助は手を振った。

「すぐに済む話だ」

「川釣りの帰りでな。このような恰好《かっこう》をしておるので失礼いたす」

と孫左衛門も言った。そうですかと、不審そうな顔をしている若い妻女を残して、孫左衛門と邦之助は家の外に出た。

「百人町の姉に聞かれたのですか」

家の者に話を聞かれるのを恐れるように、邦之助は暗い庭を先に立って、父親を門の方にみちびきながら言った。

「うむ。果し合いとはおだやかでない。鳥飼の息子との約定はいつだ」

「殿の参勤を見送ってからということにしました」

「すると、まだ七、八日はゆとりがあるか」

と孫左衛門はつぶやいた。自分にたしかめたのである。緊張感が、わずかにやわらいだようでもある。

「わけは何だ」

「侮《あなど》りをうけましたゆえ」

邦之助は短く言った。くわしくは語りたがらない気配がある。

だが、それだけ聞けば十分だった。果し合いの相手である鳥飼郡兵衛《ぐんべえ》の息子も邦之助も、ともに近習組《きんじゅう》勤めである。おそらくは城中で、しかも人のいるところで侮りをうけたのだろう。そういうことであれば、事の是非を論ずるまでもなく、斬《き》り合わねばならない。

――しかし、それにしても……。

おれが若いころならその場を去らせず斬りむすんだか、城中がおそれ多いということなら城を下がってから、申し合わせてすぐに斬り合ったろう。

いまどきの若い者はのんびりしておると思ったが、それはただ邦之助の気性が脆《ぜい》弱《じゃく》なためかも知れなかった。姉の久仁をたずねてこっそり打ち明けたというのも、言うまでもなく久仁に言えばわしにつたわることを見込んでのことだろう。

で言った。

孫左衛門は暗がりの中で眉《まゆ》をひそめた。だが、もろもろの懸念《けねん》は胸にしまったまま
「わしに少し考えがある。軽はずみなことをしてはいかんぞ。後の便りを待て」

それだけ言うと、あたたかそうな間瀬家の灯のいろを一瞥《いちべつ》してから孫左衛門は潜《くぐ》り戸を抜け、外に出た。

孫左衛門の家は代代の勘定組勤めで、失態があったあとの家禄は七十五石だが、間瀬家は大御納戸《おなんど》役を勤め、家禄は百二十石である。邦之助もいまは近習組にいるが、いずれは大御納戸役にかわることになる。

二年前に、邦之助は実家よりは格上の間瀬家に、のぞまれて婿に入った。そのとき邦之助は二十で、新妻の美世《みよ》は十五だった。美世は二年たったいまも少女の気配を残しているような若妻だが、ようやく身籠《みごも》って来年の春には間瀬家に初孫が生まれることになっているのを、孫左衛門も聞いている。邦之助のおだやかで落ちつきのある性格は婚家でも気に入られていた。それが……。

――果し合いをする、などと聞いたら……。

間瀬家の人人はどう思うだろう、と河岸に出て行者橋にむかいながら、孫左衛門は思った。腹がすいているはずだが、重苦しい思案に押しつぶされて、空腹を感じなか

った。

しかも、果し合いの相手は鳥飼中老の息子勝弥《かつや》である。勝弥は御弓町の松川道場で名を知られている剣士で、ひと通りの心得はあるものの剣の腕前はさほどのびなかった邦之助は、立ち合えばまず勝弥の敵ではないだろう。

どのような形で勝負の片がつくかは予測しがたいといっても、果し合いが行なわれればまず八割方は、邦之助は命をうしなう羽目になろう。そしてよしんば邦之助が果し合いに勝ったとしても、それで間瀬家が無事で済むわけではない。

勝っても負けても、相手が鳥飼家の総領だということだけで、間瀬家は家名存続の危機にさらされるに相違ない。良縁を得たと思い、よろこんで送り出した布施家の末子が、婚家を窮地に追いこむことになるのである。

さっきからくすぶっていた怒りが、突然に胸を焦《こ》がした。

——鳥飼郡兵衛……。

孫左衛門は、道ばたにぺっと唾《つば》を吐いた。

中老の鳥飼郡兵衛は、二十年前に勘定奉行を勤めていた。孫左衛門の上司だが愚物だった。孫左衛門が勘定方の不祥事に巻きこまれたというのは、鳥飼が勘定奉行だった時代のことで、孫左衛門が帳面記載に重大な遺漏ありとされて家禄十石を減らされた事件は、ひと口に言えば鳥飼の酒屋冥加金《みょうがきん》にからむ不正をかばって、帳簿記載の誤りのごとく始末をつけた事件だったのである。

すべてが白日のもとにあらわれれば家名にかかわる処罰をうけることになったはずの鳥飼郡兵衛は、孫左衛門に泣きついて難をのがれたばかりでなく、その後家中が目をみはる立身をとげて、二十年後のいまは中老職についている。

その間、減らされた布施家の十石を回復するような配慮は何もなく、また和泉屋《いずみ》という新規に酒屋株を取得した業者と組んで懐《ふところ》にいれた冥加金は、当時の中老でいまは筆頭家老を勤める内藤佐治右衛門に献上する賄賂《わいろ》に使ったと推定されたものの、それについても鳥飼から孫左衛門に対して何の説明もなく、頰かぶりのままだった。鳥飼郡兵衛は、要するに孫左衛門の犠牲によって今日の立身を手にした男なのだ。

——あの男はまことの愚物だった。

それがわかっていて鳥飼の失脚をかばったについては、また別に事情もあるのだが、孫左衛門はいまも時どきそう思って歯ぎしりすることがある。

そういう過去がある上に、いままた伜《せがれ》の邦之助まで鳥飼家によって窮地に追いこまれているとなれば、申し合わせた果し合いなど仕方ないと見過ごすわけにはいかぬ、と孫左衛門は思った。

三

家にもどって遅い夜食を喰いおわったとき、孫左衛門は自分がかつておぼえのないほどの疲労に襲われていることに気づいたが、気持をはげまして茶の間に行き、権十郎に会った。権十郎も下城が遅かったらしく、夜食後の茶を喫していたが、孫左衛門が行くと茶碗《ちやわん》を下に置いて耳を傾けた。

「で、父上のお考えは」

孫左衛門が話しおわると、権十郎はぽつりと言った。権十郎は寡黙《かもく》な男である。嫁の多加もそうで、夫婦そろって口数が少ない方だが、孫左衛門は、権十郎の寡黙には家禄を減らした父親に対する、無言の非難がふくまれているように思うことがある。

実際に、世襲である勘定組に勤めていれば、かつて父親がその職場で重大な過失を犯したことを肩身せまく思うこともあるだろう、と孫左衛門は思った。だが、今夜はそのわけも話してやろう。

「鳥飼中老に談じこんでみる」

権十郎は思いがけないことを聞いたという顔で、孫左衛門を見た。

「それはいかがでしょうか」

「まあ聞け、これにはわけがある」

鳥飼郡兵衛が勘定奉行になったとき、そのころ奉行添役をつとめていた孫左衛門は、郡兵衛の父親でさきの勘定奉行でもあった鳥飼平右衛門《へいえもん》に呼ばれた。郡兵衛のことをたのむと平右衛門は言った。

「あれはただの剣術自慢の乱暴者でな、勘定奉行の器ではないのだ。いまにとんでもない失策をひき起こしそうで、心配でならぬ」

と平右衛門は言った。鳥飼平右衛門は夫妻ともに篤実《とくじつ》な人柄で、勘定組の者は公私ともにこの夫妻の世話になった。平右衛門が奉行を勤める間、勘定組はよくまとまって一件の過失も出さなかったのを、孫左衛門はおぼえている。

郡兵衛は孫左衛門より七つの齢下《としした》だった。孫左衛門は練達の役人であり、奉行を補佐するのが役目である。平右衛門がたよりにするのはもっともなことだった。ご心配なく、と孫左衛門は言った。

そして平右衛門が恐れたような事件が起きて郡兵衛に泣きつかれたとき、孫左衛門は酒屋の運上金、冥加金を帳付けする寺井権吉と、実際の金の出入りを扱う元締役所の男一人を抱きこんで、勘定奉行の収賄という冥加金にかかわる不正を、帳簿の誤記のごとくによそおって郡兵衛を救った。ただし金額があまりに大きかったので、孫左衛門自身が不正を疑われ、その疑いが晴れたあとも、寺井権吉とともに記載洩《も》れを咎《とが》められて処罰をうけたのである。

「元締役所の男を抱きこんだのは、鳥飼がうけとった冥加金に相当する銀を、ひそかに元締が管理する金蔵におさめるためだ。油問屋の敦賀《つるが》屋にわしが話をつけて、鳥飼に金を融資させたのだが、それでどうにか難をのがれた形になった」

郡兵衛の父平右衛門は、そのときにはもう世を去っていたが、孫左衛門も寺井も、郡兵衛をかばって処罰をうけたことを不服には思わなかった。それというのも、孫左衛門、寺井権吉だけでなく、勘定組の者はむかし平右衛門に格段の世話になったからである。

孫左衛門が家督をついだころ、藩は凶作と多額の出費を強いられる幕府工事の手伝いが重なって、台所は極度に窮迫した。領内、領外に備財をもとめても足らず、ついに家中藩士の知行を取りあげて、藩が当座の銀と禄米を支給するという非常の政策を打ち出したのがそのころである。家中藩士は一斉に内職に走った。

しかし土台小禄の者は、内職をしても家族を養うには足らず、小禄、微禄の者が多い勘定組も、貧にくるしむ者が多かった。奉行の鳥飼平右衛門は、そういう組の者にあるいは銀をあたえ、あるいはわずかなりとも米をあたえて暮らしを助けた。公私にわたって世話になったというのはそういうことである。

「そなたが生まれたころも、久仁が生まれたころも、いずれも暮らしが立ち行かぬほどの極貧の時代だった。お奉行にいただくもので、どれほど助かったかわからん」

と孫左衛門は言った。権十郎は黙って聞いている。

「だが、その人の子でありながら、いまの中老は人間の屑《くず》だ。冥加金を懐にいれて、その金を藩のおえら方に差し出す賄賂に使ったのだ。事があらわれかけるとわしに泣きつき、後始末をさせたあとはみるみる立身した。われわれを踏み台にしたことについては、あれから二十年にもなるが一言半句の釈明もない。敦賀屋の貸し金は、三が一ほど返してあとは踏みたおしたそうだ。わしの面目は丸つぶれだ」

「……」

「それでもよいわとわしは思った。あの男と二度とかかわり合うこともあるまいし、と思っておったが、邦之助の一件が出てきた。今度は黙っているわけにはいかぬ」

「……」

「わしは隠居ゆえ、そなたの許しを得ねば動けぬ。場合によっては布施家に再度の災厄がふりかかるかも知れんのでな」

権十郎は顔を上げて孫左衛門を見た。軽く一礼した。それが存分にしたらよいという挨拶《あいさつ》だった。孫左衛門が立とうとしたとき、無口な権十郎が言った。

「助勢がいりますか」

権十郎は長身で頑丈な骨格をした男で、若いころは鍛冶《かじ》町の石栗道場の高弟として剣名を知られた。孫左衛門も剣の修行は同じ石栗道場でしたので、父子の若いころの太刀筋を知っている者が、剣術談義の中で親父《おやじ》の方が少し上だったように思う、などと言うことがある。

「いや、一人で間に合う」

「しかし齢が齢でござるゆえ」

めずらしく権十郎が親を気遣うようなことを言ったのがうれしくて、孫左衛門はしかめっつらをしてバカを申せと言った。

「まだそこまで老いてはおらんわ」

四

孫左衛門は、寺井権吉が持ち出してきた文書を丁寧に見た。それは勘定方で寺井が受け持っていた帳簿の写しで、ある時期の六年にわたる酒屋の冥加金の入金を記したものである。記載洩れとして加筆する以前の元帳なので、問題となった和泉屋の冥加金もほかの酒屋の額を上回るものではなかった。

そして冥加金そのものは、酒屋に対して古くは運上金、近年は酒役銭が課されているために、さほど高額のものではなかった。もともとは藩が財政悪化にくるしんだころ、領内商人に献金をもとめたのがはじまりで、献金の多寡があらわれて賄賂の傾向を帯びてきたことから、藩では名目を冥加金に改め、献金に極端な高低が出ないように配慮したのだった。

和泉屋の冥加金は同業の分を越えるものではなかったが、事実はそのほかに年に五十両を越える大金が、勘定奉行である鳥飼郡兵衛の懐に入っていたのである。酒屋株の認可は勘定奉行の権限であり、和泉屋から鳥飼に流れた金は、無理にねがって株を取得した謝礼だというのが鳥飼の弁明だったが、孫左衛門ははじめから合意の上の賄賂だったろうと見抜いていた。

文書の最後には、和泉屋から鳥飼に渡った賄賂の額も年ごとに記載されている。いわゆる記載洩れとしてのちに帳簿に加筆した分の元金だが、じつはその額は加筆分の倍額で、総額は五百両を越えている。寺井はこれを帳簿操作の間に、和泉屋の番頭にたしかめたのである。おしまいにその番頭の名前と爪印《つめいん》がある。

これを出すところに出せば、事件の当事者である孫左衛門と寺井も再度の咎《とが》めを免れ得ないかも知れないが、鳥飼郡兵衛も無事では済まず、中老職どころか家名の危機にさらされることになろう。これだ、これだと孫左衛門は言った。

「いざというときは、この控えのことを持ち出すぞ」

孫左衛門が言うと、寺井権吉は色の黒い丸顔にほくそ笑むような笑いをうかべた。寺井も、五石ではあるが二十年来家禄《かろく》を減らされたままである。

「遠慮はいらん。ガンとやってやれ」

「しかしこれを持ち出すと、口ふさぎにわしだけでなくおぬしも狙《ねら》われるかも知れん。手詰めはまだ出来るか」

「出来るとも。修練に怠りはない」

寺井は言って、また声を立てずに笑った。手詰めは体術の一種だとしても、柔術とはまた違うらしい。らしいとしか言えないのは、むかし寺井が自分よりもずっと身体《からだ》が大きく、剣もよく出来る若い男を相手に三通りの技を遣ってみせたことがあるが、目の前で行なわれたその技は、見終った孫左衛門には理解を越えた玄妙の技としか思えなかったのである。

真剣をふるう勢いで木刀を打ちこんで行った若者は、つぎの瞬間あおむけに、あるいは背を下に寺井の足もとに落ち、そのとき寺井がどう動いたのかは、孫左衛門にはまったく見とどけることが出来なかった。寺井はその技を、いまはなくなった村松という心形刀流《しんぎょうとうりゅう》の道場で居合いを学んだときに会得《えとく》したという。

孫左衛門が帰るというと、寺井は表口まで見送ってきた。表口の板敷まで来たとき、孫左衛門の目に、奥の台所で行燈《あんどん》を囲むようにして内職にはげんでいる寺井の妻女と娘の姿が見えた。

孫左衛門が帰るのをみて、あわてて立って来ようとする妻女を、孫左衛門は大きな声で押しとどめると外に出た。すると寺井も下駄を突っかけて出てきた。ここでいい、と孫左衛門は言った。

「内職か」

「うむ、わしもこれから加わる」

出仕していたころの孫左衛門は奉行添役をつとめていたといっても、それはただの役目で、ほかの同僚と身分に差があったわけではない。ただ組の者それぞれは当然家禄に差があって、寺井の家は五十石だった。五石減らされていまは四十五石である。

そのことに、孫左衛門はいまもわずかに負い目を感じることがある。寺井も喜んで加担したといっても、鳥飼を救う工作に寺井をひっぱりこんだのは孫左衛門である。いまとなっては、ほかにやりようはなかったものかと思わぬわけではない。

「暮らしはきついか」

「むかしのようではないが、やはりきつい」

と寺井は言った。

藩が丸ごと知行を取り上げるということこそなくなったが、家禄の二割借り上げはずっとつづいており、これからもつづく見通しだった。

寺井は孫左衛門より五つ齢下で、まだ勘定方に出仕している。娘に婿《むこ》を取らないと隠居も出来ない身だが、内職暮らしの四十五石の家には、たやすくは婿も見つかるまいと孫左衛門はそれも気になる。

「わしも隠居であまり役には立てんが、いよいよ困ったときは声をかけてくれ」

「……」

「いや、それにしても……」

孫左衛門は日暮れの空にすっくと立っていた福泉寺の欅《けやき》を思い出しながら、愚痴をこぼした。

「この齢になって伜《せがれ》のことで苦労するとは思わなんだ」

「いや、世の中はそうしたものだろうて。いくつになろうと身内は苦労の種よ」

寺井は言って、孫左衛門が背をむけると、加勢がいるときは言ってくれとうしろから声をかけてきた。孫左衛門は二本の朽ちた柱が立つだけの寺井の家の門を出た。暗い道には、寺井の表口にいる間は気づかなかったつめたい風が吹き通っていて、孫左衛門をふるえ上がらせた。

翌日の昼過ぎ、孫左衛門は小雨の中を傘をさして川向うの山吹町に行き、もとの町奉行尾形弥太夫《やだゆう》をたずねた。人の紹介もなく行ったので、あるいは面会を拒まれるかと思ったが、案じることはなくあっさりと奥に通された。

「めずらしい男が来たものだ。布施はいわばわしを失脚させた人間だからの」

と尾形は言った。

尾形は城下の酒屋の密告によって、和泉屋から勘定奉行の鳥飼に対して多額の賄賂が動いていることを聞きこむと、すぐに綿密な調べを開始した。賄賂も一度や二度のことなら通常は目をつぶることだが、長期にわたって、しかも贈り先が勘定奉行となれば見過ごしには出来ない。

尾形は、和泉屋を贈賄の罪で領外追放に出来るほどの調べをつけてから、大目付に会った。そしてその直後に家禄はそのままで騎馬衆に編入された。騎馬衆は家中筆頭の名誉ある席次だが、無役の閑職である。尾形は呆然《ぼうぜん》としたが、やがて和泉屋だけが領外追放となり、勘定奉行の鳥飼は冥加金の記載洩れで法の裁きをのがれたことを知った。

「あのときは派閥の争いに巻きこまれたのだ。相談する相手を読み違えておった。鳥飼にそなたらのような忠義の部下がいることもな」

尾形は孫左衛門をにらんだ。だが無役のまま隠居して十年以上にもなる尾形の髪は真白で、身体は小さくしなび、往年の迫力はなくなっていた。

「今日は何の用だ」

と尾形が言った。和泉屋を調べたときの書類は残っているだろうか、と孫左衛門は聞いた。

「残っておるとも。さがせば奉行所の書庫にあるはずだ」

「それを拝見出来るようなお手配をおねがい出来ませんか」

ふん、とそっぽをむいた尾形に、孫左衛門は、記載洩れにつくろった一件は、ひとかたならず世話になった先代の鳥飼平右衛門に対する恩返しだったと言った。

「しかしながら、近ごろはあのときの鳥飼さまへの合力を大いに悔んでおります」

「ふむ」

尾形は目を孫左衛門にもどして、小さくうなった。

「平右衛門は仕事も出来たが、篤実の人物であった。いまの中老とはくらべものにならぬ」

「まことに仰《おお》せのごとく」

「よし、書類を見せるよう添状を書こう」

尾形は鳴戸屋のかすていらをもらったから書くのではないぞ、と念を押した。

「そなたともう一人……」

「寺井権吉でござります」

「うむ、そなたらのあの折の進退がようやく腑《ふ》に落ちたからだ」

だが、尾形弥太夫の添状をもらって町奉行所をたずねた孫左衛門は、添状の宛《あ》て主山岸藤助に思いもよらない事実を告げられた。

さがして参る、と言って書庫に行った山岸は、やがて呆然とした顔で孫左衛門を待たせてある一室にもどってきた。尾形が調べた和泉屋の一件書類が、そっくり掻《か》き消えているというのである。

「さがし残したということはござらんか」

孫左衛門が言うと、尾形の時代から書類係を勤めている山岸は、首を振ってそういうことはあり得ないと言った。今度は孫左衛門が呆然とする番だった。

五

父親として、また藩の要職にある者として、勝弥どのに伜邦之助との果し合いを停止するよう命じてもらいたいと孫左衛門は言った。

「そういうことを申すようでは、布施も齢だの」

と鳥飼郡兵衛は言った。

そういう郡兵衛は血色よく太って、顔なども脂《あぶら》ぎっててらてら光っている。藩の経済がくるしい折にもかかわらず美食をしていると見えた。だが勘定奉行だったむかしにくらべると、人相はまた一段とわるくなっている。中老の地位に経のぼるには、それ相当の権謀術数を必要としたということだろう。孫左衛門を見た目もつめたかった。

「子供の喧嘩《けんか》に親が乗り出してくるのは感心せんの」

「子供の喧嘩とは言えますまい」

孫左衛門は上体を起こして切り返した。

「果し合いとなれば、結果はどうあれ、両家に傷がつき申そう。ご中老の家だとて、無傷では済みませんぞ」

「しかし聞いた話では、果し合いを言いかけたのはそなたの伜の方だというではないか」

郡兵衛の顔に人を嘲弄《ちょうろう》するような笑いがうかんだ。

「みんなも見ているときだと、伜は言っとったなあ。腕は大したことはないそうだが、そなたに似たか、度胸はあるらしい。ま、それはそれとして……」

郡兵衛はにたにた笑いをつづけた。

「それこそ勝敗はどうあれ、出るところに出たときにはそのあたりの事情は役所にきっちりとみてもらわねばならん」

「それがしが聞いたところでは、ご子息に侮《あなど》りをうけたということでござった。もとはといえば非はそちらさまにある」

「ほう、それは聞いておらなかったの」

と郡兵衛は言った。藩政を議する役目の中老としてはすこぶる品格を欠く笑顔のままで、その種の言い分は要するに水掛け論だと言った。

「どっちがいいの悪いのということは、簡単には決まらぬとしたものだ。しかし、ま、大人同士が果し合いを申し合わせたのだ。わしはほっとく。そなたも成行きにまかせたらどうだ」

「いや、承服出来申さん。聞くところによるとご子息は、腕自慢の乱暴者で、近習組の鼻つまみだと申す。そういう男のとばっちりをうけて、伜が婿入り先の家に危難をもたらすことになるような事態は、断じて認めることは出来ませんぞ」

「孫左、口をつつしめ」

郡兵衛は目をつり上げて険悪な顔をしたが、すぐにしまりのない笑顔にもどった。

「齢は取りたくないものだの、孫左。言い出したらきかん」

横をむいて、郡兵衛はあくびをした。よろしいと言った。

「では伜につまらぬ腕立てはやめろと言おう。ただしそれをあの乱暴者の伜がはいときくかどうかは、また別問題だ」

「ご中老」

孫左衛門は胸を張って、郡兵衛に射抜くような目をむけた。

「それがしが今夜参ったのは、ただ泣訴嘆願するためではございませんぞ。いったん口に出したからには、そちらの鼻つまみどのにぜひとも果し合い中止を命じていただかねばなりません」

「ほほう」

今度は居直ったか、孫左と言って、郡兵衛は女子のような甲高い笑い声を立てた。

「さてはわしを脅迫するつもりとみえる。脅しの種は何だ」

「冥加金の一件でござる」

郡兵衛はまたあくびをした。そして、失礼、ちと寝不足でなと言った。

「あれは片づいた話だ、孫左。持ち出してもカビがはえておる」

「いいや、片づいてはおりません」

ご中老は派閥に献じるための賄賂《わいろ》だ、何とかしろと泣きついたが、その折事実を述べられたわけではなかったと孫左衛門は言った。

「まことの金額は、記載洩《も》れとしてわれわれに指示した金子の倍額でござった。また献金は内藤さま個人にあてた賄賂でござったろう。こういうことはあとで必ず知れてくるものだ」

「……」

「それがしと寺井は藩を二重に欺《あざむ》いたことになったわけだが、それにしても金額が大きかった。表に出せばいまも大問題になるはず、カビなど少しもはえておりませんぞ」

郡兵衛は険しい表情で、じっと孫左衛門を見ている。笑いを消してそういう顔になると、かなり悪相の男だった。

「もうひとつ、賄賂で和泉屋を調べた当時の町奉行所の一件書類を、どこかに隠されましたな。それとも焼いて捨てられましたか。これはまずかった。調べがあったことはかくれもないのに、その書類がない。しかもそういう前代未聞《みもん》のことが起きたのは、もとの町奉行尾形さまが失脚したあとのことと判明しました」

「それで、どうする」

郡兵衛は、にわかに気短かな口調になって言った。

「表に出すつもりか」

「さきほど申し上げたそれがしのたのみが聞かれぬ場合は」

「しかしそうなると貴様と寺井権吉もただでは済まんぞ」

「さて、どうでしょうか」

この男をようやく窮地に追いこんだ、と孫左衛門は思った。郡兵衛を凝視しながら言った。

「いつまでもわが世の春と思っておられるようだが、ご中老が頼りとする内藤さまは多病、近ごろはお城の会議にも出られぬご容体で、藩政の実権はもはや横山甚六郎《じんろくろう》さまに移ったというのがもっぱらの評判。横山さまはまだご中老ながら対立する派閥の長、それがしと寺井が訴え出れば内藤派をつぶす好機と思われるかも知れませんな」

「……」

「ただで済まなくなるのは、われわれではなくご中老、あなたではありませんか」

「わかった、わかった。伜にはよく言って聞かせるゆえ、軽挙妄動するなよ、孫左」

と鳥飼郡兵衛は言った。

六

まだ日があるうちにたずねたのに、重臣の屋敷があつまる濠端《ほりばた》の鳥飼家を出ると、外は真夜中のように暗かった。十月の日が疾《と》く暮れるせいで、時刻はさほど遅くないはずだった。その証拠に、濠端から河岸《かし》の道に出ると、左手の方に提灯《ちようちん》を手にした下城の人人の姿が点点と見えた。

孫左衛門も、主人を脅しに行った客とは思わなかった鳥飼家の召使いが貸してくれた提灯をさげて、三ノ丸の木戸前を通り行者橋をわたった。あとをつけられているようだと気づいたのは、久仁が嫁いでいる百人町を通り抜けているときである。

つけてくる者は心得があるらしく、まったく足音を立てなかった。ただ何とも言えない不快な気配がずっとうしろの方から、つかずはなれずについてくるだけである。孫左衛門の勘がただしければ、つけてくるのは鳥飼勝弥か、あるいは若いころはかなりの遣い手だった郡兵衛自身か、腕におぼえがある鳥飼家の家臣ということになる。

――ふん。

わしを亡《な》き者にして不安の根を一挙に断とうというわけだ、と孫左衛門は思った。郡兵衛は、今日の孫左衛門の訪問で、鳥飼の家が勝弥の果し合いをやめさせたぐらいでは追いつかない途方もない不安を抱えこんでいたことに、おそまきながら気がついたのだ。

孫左衛門はとっくり橋という妙な名前がついている小さな橋を北にわたった。そしていきなり提灯の火を吹き消した。そのまま鶴子町につづく河岸の道を東にすすみながら、少し足どりをゆるめた。

果して橋をわたって来る足音がした。孫左衛門は脇差《わきざし》の鯉口《こいぐち》を切った。わざと下駄の音をさせた。するとうしろから熱い風に似たものが襲いかかってきた。闇《やみ》の中を滑って来た見事な疾走だった。孫左衛門は下駄を蹴《け》り捨てて片膝《かたひざ》を地面に突くと、刀の鐺《こじり》を高く背後に突き出した。つぎの瞬間、身をひるがえして立つと足がとまった相手に一撃をくらわせた。

ただし遣ったのは峰打ちで、打った場所は足である。むっと声を飲みこんで横転した相手をそのままにして、孫左衛門は足袋はだしのままいそぎ足にその場をはなれた。片膝を突いた姿勢から身をひねって一撃をふるったとき、腰を痛めたようである。

鶴子町のわが家に近づいたころには、腰の痛みはみるみる堪えがたいほどにふくれ上がって、孫左衛門は腰を折り、這《は》うような足どりになった。振り返ってみたが、さっきの一撃が利《き》いたらしく、さいわいに相手が追ってくる様子はなかった。

表口に入りはしたものの、板敷に両手をついてしゃがみこんでしまった孫左衛門をみて、布施家は大さわぎになった。事情を聞いた権十郎はすぐに刀をつかんで外に様子を見に出たが、怪しい者はいなかったらしい。

「父上に、膏薬《こうやく》でも貼《は》ってさし上げろ」

権十郎は嫁にそれだけ言うと、さっさと自分の部屋に引っこんでしまった。相変らずそっけない男である。

「これは、亡くなられたおかあさまに貼ってさし上げたことがある薬の残りですけれども……」

布に手あぶりの火で膏薬をのばしながら、嫁の多加が言った。

「古くなって、効き目の方はいかがでしょうかしら」

「貼らないよりはましだろう」

多加は孫左衛門を双肌《もろはだ》ぬぎにさせ、痛いのはどこかと、腰と背のあちこちを押した。意外に力のある指である。背をまるめて坐《すわ》りながら、孫左衛門は、あ、いたたと言った。

福泉寺の欅《けやき》がちらと頭をかすめた。

――ふむ、生きている限りはなかなかああいうふうにいさぎよくはいかんものらしいて。

しかしまた、こうしてじたばたすることが、生きている証《あかし》というものかも知れん。

そう思ったとき、孫左衛門はあっと顔色を変えた。

「いかがなさいました」

多加がおどろいたように手を引いた。

「権十郎はいつ帰ってきた」

「おとうさまより、ほんのひと足先に。夜食もこれからですけれども」

「権十郎を呼んでこい」

と孫左衛門は言った。そして権十郎がくると肌を着物にしまいながら、寺井権吉は下城したかと聞いた。

「いや、殿のご出発が明後日にせまり、その準備があって居残り仕事をされてござる」

「寺井を鳥飼が襲うかも知れぬ」

狙《ねら》われるのはわしだけでなく、寺井権吉も一緒のはずだと孫左衛門は言った。

「行って様子をみてやってくれぬか」

すばやく事情をのみこんだらしい。権十郎はすっと立つと部屋を出て行った。

しかし権十郎が帰ってきたのははやかった。

「ご心配なく。片づきました」

部屋に入ってきた権十郎は、まずそう言って父親を安心させてから手短かに事情を話した。

権十郎は寺井の家には寄らず、まっすぐ城にむかった。その判断は正しかったようで、五間川の河岸道に出ると川向うの城門の方から、まだ提灯をさげた者がぽつりぽつりと歩いてくるのが見える。居残りの者が帰るところだろう。

――とりあえず城門まで行って……。

と思いながら行者橋に入りかけたとき、向う河岸を歩いていた提灯のひとつが同じ橋に入ってくるのが見えた。

提灯の主が橋の三分の一ほどのところに来たとき、その前にぬっと立ちふさがった黒い影がある。白刃《はくじん》がひらめき、提灯が下に落ちた。権十郎は走った。その目に、斬《き》りかかった大柄な男の身体《からだ》がふわりと宙に浮き、そのまま横倒しに橋板に落ちたのが見えた。

「寺井どの」

と権十郎は燃え残る提灯の火にうかぶ顔に呼びかけた。斬りかかったのは中老の鳥飼郡兵衛で、一瞬の技で刀も抜かずに相手を倒したのは寺井権吉。郡兵衛は頭でも打ったのか、ぴくりとも動かず橋の上に横になったままである。

「それがしが加勢に行くまでもない、見事なものでした」

権十郎は言うと一礼して立ち上がったが、まだ少し興奮が残っているのか、部屋の外に膝をついてつけ加えた。

「あれが、以前父上が言われた寺井の手詰めですな。いや、目の保養をいたしました」


福泉寺のひろい境内に立って、布施孫左衛門は欅を見上げていた。青葉に覆《おお》われた老木は、春の日を浴びて静かに立っている。

——これも、わるくない。

と思いながら、孫左衛門は青葉の欅を飽きずに眺めている。

正月に、政権が交代した。長い間筆頭家老をつとめた内藤佐治右衛門が、病弱を理由に勤めを退き、内藤派の重職が何人か閑職に移った。かわって横山甚六郎が家老にのぼり、横山派と言われた何人かの重臣が、藩の要職を占めることになったのである。

そしてまだ寒い二月に、もとの中老鳥飼郡兵衛の収賄にかかわる疑獄が摘発され、鳥飼と、内藤派の大目付、町奉行などがそれぞれ咎《とが》めを受けて失脚した。中でも鳥飼の家は閉門五十日のあと、家禄《かろく》を五分の一に減らされて普請《ふしん》組に役替えとなったが、疑獄のつねとして収賄側で大きな利益をうけたはずの内藤家老は無傷だった。疑獄の摘発が行なわれたのは、もとの町奉行尾形弥太夫が、和泉屋の一件書類が紛失したという山岸のひそかな報告を不審として、その解明を横山中老に直訴したのが発端である。孫左衛門も寺井権吉もかかわりがない。

かかわりがないどころか、新任の横山派の司直が鳥飼の収賄事件に手をつけたとわかったとき、孫左衛門も寺井も再度の処罰を覚悟して家の者に因果をふくめたほどだった。だが事件の処理が終ったあとで、思いがけなく減らされた家禄がもどってきたのである。

孫左衛門は十石、寺井権吉は五石。双手《もろて》を挙げて喜ぶというほどではなくとも、この家計がくるしいときに禄が返ってきたのは大きい、と孫左衛門と寺井は言い合った。二人は場末の小さな飲み屋でつつましく祝杯を挙げ、横山家老は世の道理を見る目があると、新しい執政をたたえた。

さくらのつぼみがふくらみはじめたころ、間瀬家には初孫が生まれた。これがじつにかわいらしい女児で、散歩の途中、孫左衛門は足がとかく間瀬家の方に向きがちになるのを押さえるのに苦労する。

——生きていれば、よいこともある。

孫左衛門はごく平凡なことを思った。軽い風が吹き通り、青葉の欅はわずかに梢《こずえ》をゆすった。孫左衛門の事件の前とはうってかわった感想を笑ったようでもある。

選者解説

縄田一男

昨年七月に刊行したアンソロジー〈人情時代小説傑作選〉『親不孝長屋』が、幸いにも読者諸氏の好評を博し、第二弾『世話焼き長屋』も順調に版を重ね、ここに第三弾『たそがれ長屋』をお届けすることになった。

そこで、時代小説の一ジャンルである市井《しせい》ものが、今日、何故《なぜ》これほどまでに圧倒的な隆盛を見るに至ったのかを考えてみたい。敢《あ》えて結論からいえば、それはバブル崩壊にある。ではバブル全盛期にどういう作品が読まれていたかを考えてみると、それは、戦国ものであり、幕末もの――すなわち、武将や志士に組織のリーダー性を重ね合わせるビジネスマンの副読本的な歴史情報小説や歴史解説小説であった。が、それが一変したのがバブル崩壊後である。これは、さまざまなアンソロジーの編集に携わってきた実感でいうのだが、この期を境に、真っ先に版を重ねるのが、戦国ものや幕末もの、或《あ》るいは剣豪ものというような武張ったものではなく、市井ものとなったのである。

金があるという幻想の上に成立していた経済が崩壊した後、見つめるべきは足下の生活であり、かつ、バブル全盛期に私たちが抱いていた驕《おご》り——すなわち、俺が信長だ、いや、俺が竜馬だ、というそれが一蹴《いっしゅう》されたからではないのか。読者が求めたのは、池波正太郎、藤沢周平、平岩弓枝に代表される、すべての作品が市井ものではないが、物語の根底に生活の匂《にお》いのする作品であった。

そしてさらに、平成の現実が抱えている諸問題の一つである家族の崩壊がある。かつて小津安二郎《おづやすじろう》はさまざまな映画で、食卓や四畳半に代表される日本の家庭の風景が喪《うしな》われていくさまを静かな哀惜をこめて描いた。が、今や、そんななまやさしいレベルではない。何しろ、親が子を、子が親を、そして夫婦が互いを殺し合うという事件が日常茶飯事として起こるのだから。

そうした中、直木賞を受賞した『あかね空』以来、〈家族力〉を提唱している山本一力の諸作や、剣豪小説ながら、父と子二代の絆《きずな》を描いている佐伯泰英《さえきやすひで》の『密命』シリーズ等が好評を博すのは道理であろう。

そして、前述の『親不孝長屋』と『世話焼き長屋』では、こうした平成の現状を顧て、それぞれ、〈親と子〉〈夫婦〉をテーマにして作品を選んでみた。そして第三弾となる本書のテーマは〝たそがれ〟という題名が示すように〈老い〉である。本来なら、長年の仕事を勤めあげ、安らかに過ごすべきはずの老後だが、特権階級は別として、果たして今の日本にそれがあるか？　奇《く》しくも今年は、政府が国家単位の〝姥捨山《うばすてやま》〟の実施をはじめた記念すべき年に当たる。某大臣がある雑誌で後期高齢者医療制度をそういって批判するのは感情論だ、とのたまっていたが、果してそうか？　それより先にまず消えた年金問題があったし、お年寄りは感情で怒っているのではない。生き死にの問題だから怒っているのだ。さらにでは何故、昭和という時代が、痛みを伴わないノスタルジーとともに異常なまでに懐古されるのか。恐らく次の御世になっても、平成という時代が美化されて懐古の対象となることはないのではあるまいか。格差社会のベストセラーが小林多喜二《たきじ》の『蟹工船《かにこうせん》』なら、さしずめ、次に読まれるのは深沢七郎の『楢山節考《ならやまぶしこう》』か、筒井康隆の『銀齢《ぎんれい》の果て』であろう。

そこで本書では、平成の政治が非情にも切り捨てた〈老い〉を、時代小説を通して考えるべく作品を編集した。なお、『長屋』アンソロジーは、これまで原則として市井もの、すなわち、町人を主人公とした作品を選んでみたが、特に〈老い〉は身分の別なく、人間、生まれた時から決定している切実なテーマなので、敢えて武家ものも収録してある。御理解願いたい。では各篇に簡単な解説を付したので、読書の一助としていただければ幸いである。

○「疼痛《とうつう》二百両」（池波正太郎）

池波正太郎が、老いてますます盛んな秋山小兵衛《こへえ》とその息子・大治郎《だいじろう》の活躍を描く『剣客商売《けんかくしょうばい》』の作者であることを知らぬ者はないだろう。小兵衛のような老剣客が脇《わき》ではなく、主役として長大なシリーズで活躍するのは、この連作をもって嚆矢《こうし》とする。また作者は、あるエッセイの中で、武将や侍等と現代人の違いは、死を前提として生きているか否《いな》か、だと語ったことがある。確かに往時、武人は死と隣り合わせであった、というべきであろう。が、これは、今一つには戦中派たる作者の実感であったのではないか。収録作品において、五十の坂を越えた二人の主人公は、藩存続のために二百両を捻出《ねんしゅつ》せねばならず、かつ、二人が青春の若さをぶつけたお栄の子——二人のうちどちらが父親なのかは判《わか》らない——の危難を救うためにひと肌脱ぐことになる。老いて自らの青春に恩返しをする男たちの姿がユーモラスに描かれていて小気味いい。

○「いっぽん桜」（山本一力）

今も昔も、ほとんどの人に例外なく訪れるのが定年である。ある日突然、店をすべて息子にまかせるから自分といっしょに身を引いてくれ、と主人から懇願された口入《くちいれ》屋《や》の番頭・長兵衛《ちょうべえ》。人は、若旦那《わかだんな》がやりやすいようにいさぎよく身を退《ひ》いた、とほめそやす。が、定年後の長兵衛の動向をめぐる人々の思惑の中、彼の心中は決しておだやかではない。そして、彼の以前の勤め先である口入屋への執着が、再就職をした魚《うお》卸《おろし》の木村屋でさまざまな人間関係のいき違いを生んでしまう——。作者は前述の〈家族力〉の提唱とともに、働いている姿こそ人間の最も美しいそれである、と主張し、その作品はあたかも読む〝江戸職業づくし〟の感がある。ラストの「(長兵衛の)背筋が張っている」の一言が、彼と家族との絆の象徴である桜の木と、さらには誤解を乗りこえて人生の再スタートを切った主人公の歓喜を見事に表わしている。

○「ともだち」(北原亞以子)

この作品は、泉鏡花文学賞と、さらには吉川英治文学賞を受賞した連作『深川澪通《みおどお》り木戸番小屋』シリーズの第一集に収録されている作品だ。物語は、木戸番小屋のお捨《すて》・笑兵衛夫婦を軸に、さまざまな人々の邂逅《かいこう》や別離を描いたもの。私はかつて、この「ともだち」について、舞台は江戸にとっているが、この嘘《うそ》で固めた淋《さみ》しい晩年を送る老女の物語は、それこそ、晩年のリリアン・ギッシュやベティ・デイヴィスが演じれば、そのままハリウッド映画の名作が生まれそうではないか、と記したことがある。つまり、〈老い〉はそれほど普遍的なテーマなのだ。そしてこれは余談だが、作者は今年の夏、召集されて帰らぬ人となった父が、戦地から送ってきた絵手紙をめぐるエッセイ『父の戦地』を刊行した。その手紙は、北原亞以子が作家でなければ世に出なかったものであろう。歴史はそうした名もなき者たちの屍《しかばね》の上に築かれる。そして自分も無名者であることの意地と誇りが、彼女に良質の市井ものを書かせているのではあるまいか。

○「あとのない仮名」（山本周五郎）

これは、ある意味、真に恐るべき傑作である。主人公の元植木職人・源次《もとじ》は三十七歳。まだ老人ではない。が、この一切の妥協を許さず、世間の常識と一度も交わることのない男の姿には、山本周五郎、晩年の心境が託されているように思えてならない。題名の「あとのない仮名」とは、作中、源次が「誰にもおれの気持なんかわかりゃしねえ、おれの一生は終ったも同然なんだ、――ゑひもせす、おれはあとのねえ仮名みてえなもんだ」というように、とどのつまりは、いくところまでいってしまった人間のこと。そしてそれは、晩年まで自分を極限に置き、作品を紡《つむ》いでいった作者のようではないか。特にラストの新吉原の灯を見て源次のいう「ああいう世界もあるんだな」という一言は、肌に粟《あわ》を生じるような戦慄《せんりつ》と感動を禁じ得ない。

○「静かな木」（藤沢周平）

ラストを飾るのは、最後の海坂藩《うなさか》ものを収めた作者最晩年の作品集の表題作となった一篇である。藤沢周平に、熟年世代のバイブルとされる『三屋清左衛門残日録《みつやせいざえもんざんじつろく》』があることは良く知られている。定年後、むしろ自在なかたちで藩内抗争にかかわる主人公は、すこぶる私立探偵的で、海外ミステリー通の作者のこと、私などは、史上最高齢の探偵が活躍するハードボイルド『オールド・ディック』(L・A・モース)を作者が読んでいたかどうか、大いに気になったものである。収録作品で隠居となった主人公は、福泉寺境内にある欅《けやき》の巨木、それも、葉を振り落とそうとしている姿を見て、あのような最期《さいご》を迎えたい、と考えている。が、父子二代に祟《たた》る奸臣《かんしん》を前に、これも老いてますます盛んな朋友《ほうゆう》とともに、息子のために一肌脱ぐことに——。「この齢《とし》になって伜《せがれ》のことで苦労するとは思わなんだ」といいつつ、まだ頼りにされている、というくすぐったいような気持ちが、そして〈老い〉の中に見出《みいだ》す幸せが、優れた人間観照を通して描かれた逸品である。

さて、小説に描かれた〈老い〉と現実のそれとを較《くら》べて読者諸氏はいかなる感想を抱かれたであろうか。老いは決して人生の終焉《しゅうえん》へ向かう時ではなく、人がもう一度、最後に輝く時であるべきだ。

題名に〝長屋〟の二文字を付したアンソロジーは、本書をもって三部作完結となる。機会があれば、また現代に通じるテーマでこうした作品を編んでみたい。

御愛読、ありがとうございました。

＊

この〝あとがき〟は、初刷り・二刷をお求めいただいた方には誠に申し訳ありませんが、三刷から付けさせていただくことにしました。本来、アンソロジーは、作品収録を許諾して下さった作家の方々、もしくは著作権継承者の方々の協力、そしてなによりも、一堂に会した作品の力によって成り立っており、選者ごときがノコノコ顔を出して作品以外のことで何かを述べることが僭越《せんえつ》であることは重々承知しております。御好評ですが、あえてそれを承知の上でペンをとっているのには理由があります。御好評をいただいた長屋シリーズの第三弾のテーマをたそがれ＝老いとしたのは、今、日本人の老後が危機にさらされている、と感じたからに他なりません。その最大の理由は、政府が、弱者を踏みにじることで成立している格差社会に対し、何ら手を打たないでいる中、施行した「後期高齢者医療制度」によります。話を分かりやすくするため、選者解説の中でこの制度を〝姥捨山《うばすてやま》〟であるといいましたが、そういった世論は感情論だ、といって斬《き》って捨てたのは舛添《ますぞえ》厚生労働大臣であり、これを掲載しているのは「中央公論」二〇〇八年九月号です。ところが、この本の初刷りの刊行を待つばかりだった二〇〇八年九月二十日の夕方のTVのニュースで私は信じ難いものを見ることになりました。あたかも読者を恫喝《どうかつ》するが如《ごと》き論調でこの制度の旗ふりをしていた当の大臣が、あの制度は失敗だった、国民の支持を得られなかった、と発言しているではありませんか。この時は総裁選の渦中《かちゆう》で大きくは取りあげられませんでしたが、その後、週刊誌等で、選挙を見据えての発言か、或いは猟官運動か、と報じられました。

改むるに憚《はばか》ることなかれ、ということばがあります。ですが、こと政治においてはそれでは取り返しのつかないことがあります。何故《なぜ》なら、この制度が実施されてから、人死にがでているからです。明確な因果関係が確認されているのは、四月二十日、山形市で起きた母子心中（母八十七歳、息子五十八歳）のみですが、施行後、老老介護等の高齢者同士による介護で、疲れや絶望から相手を殺してしまうケースが全国で多発しており、この制度に伴う、心的・経済的負担が原因ではないか、と指摘されるものも数多くあります。自ら命を断つという行為は、文字通り、人間に残された最後の抗議です。本来なら、皆に尊敬され、おだやかに老後を過ごすべき人たちが、国家や政治を恨んで死んでいく、ということがあっていいものかどうか――。

先日、これもTVのニュースでのことですが、選挙前なのに十月十五日から（都道府県ごとに多少異なりますが）この制度の四回目の天引きがはじまるのは困る、といっている与党議員がいた、と報じていました。一体何に困るというのでしょうか。国民がいくら困っても平気な顔をし、自分が困る段になると騒ぎ出す——こういう恥知らずな発言をした議員こそ、実名を挙げるべきではないでしょうか。この廉恥《れんち》を忘れた国の政治家、官僚、役人に、この半年余りで自ら命を断った、或いは断たれた人たちの魂に寄り添ってやる者がいるや否《いな》や。答えは明白でしょう。

そこで、先に記したように僭越であることは重々承知しています、ですが私からこの一巻を読んで少しでも元気をもらった、とか、或いは老後もまだまだ捨てたものではないと思った、という方がいらっしゃったならば、先に記した顧られることのない不幸な人々の魂に寄り添ってあげていただけないでしょうか。一人の文芸評論家のいうことなど、所詮は、蟷螂《とうろう》の斧《おの》かもしれません。ですが、今度ばかりは書かずにはいられませんでした。どうか、心よりお願い申し上げます。

（平成二十年十月、文芸評論家）

底本一覧

池波正太郎「疼痛二百両」（新潮文庫『上意討ち』）
山本一力「いっぽん桜」（新潮文庫『いっぽん桜』）
北原亞以子「ともだち」（講談社文庫『深川澪通り木戸番小屋』）
山本周五郎「あとのない仮名」（新潮文庫『あとのない仮名』）
藤沢周平「静かな木」（新潮文庫『静かな木』）

表記について

新潮文庫の文字表記については、原文を尊重するという見地に立ち、次のように方針を定めました。

一、旧仮名づかいで書かれた口語文の作品は、新仮名づかいに改める。
二、文語文の作品は旧仮名づかいのままとする。
三、旧字体で書かれているものは、原則として新字体に改める。
四、難読と思われる語には振仮名をつける。

なお本作品集中には、今日の観点からみると差別的表現ととられかねない表現が散見しますが、著者自身に差別的意図はなく、作品自体のもつ文学性ならびに芸術性、また当該作品に関して著者がすでに故人である等の事情に鑑み、原文どおりとしました。

（新潮文庫編集部）

池波正太郎著

おせん

あくまでも男が中心の江戸の街。その陰にあって欲望に翻弄される女たちの哀歓を見事にとらえた短編全13編を収める。

池波正太郎著

あほうがらす

人間のふしぎさ、運命のおそろしさ……市井もの、剣豪もの、武士道ものなど、著者の多彩な小説世界の粋を精選した11編収録。

池波正太郎著

谷中・首ふり坂

初めて連れていかれた茶屋の女に魅せられて武士の身分を捨てる男を描く表題作など、本書初収録の3編を含む文庫オリジナル短編集。

池波正太郎著

賊将

幕末には〔人斬り半次郎〕と恐れられ、西郷隆盛をかついで西南戦争に散った桐野利秋を描く表題作など、直木賞受賞直前の力作6編。

池波正太郎著

おとこの秘図（上・中・下）

江戸中期、変転する時代を若き血をたぎらせて生きぬいた旗本・徳山五兵衛——逆境をはねのけ、したたかに歩んだ男の波瀾の絵巻。

池波正太郎著

真田太平記（一〜十二）

天下分け目の決戦を、父・弟と兄とが豊臣方と徳川方とに別れて戦った信州・真田家の波瀾にとんだ歴史をたどる大河小説。全12巻。

池波正太郎・藤沢周平
笹沢左保・菊池寛著
山本周五郎
縄田一男 編

志に死す
—人情時代小説傑作選—

誰のために死ぬのか。男の真価はそこにある——。信念に従い命を賭して闘った男たちが描かれる、落涙の傑作時代小説5編を収録。

池波正太郎
平岩弓枝
松本清張 著
山本周五郎
宮部みゆき

親不孝長屋
—人情時代小説傑作選—

親の心、子知らず、子の心、親知らず——。名うての人情ものの名手五人が親子の情愛を描く。感涙必至の人情時代小説、名品五編。

吉川英治・池波正太郎
柴田錬三郎・海音寺潮五郎
佐江衆一・菊池寛 著
山本一力

七つの忠臣蔵

浅野、吉良、内蔵助、安兵衛、天野屋……。「忠臣蔵」に鏤められた人間模様を名手が描く短編のうち神品のみを七編厳選。感涙必至。

池波正太郎
乙川優三郎
五味康祐 著
宇江佐真理
山本周五郎
柴田錬三郎

がんこ長屋
—人情時代小説傑作選—

腕は磨けど、人生の儚さ。刀鍛冶、火術師、蕎麦切り名人……それぞれの矜持が導く男と女の運命。きらり技輝る、傑作六編を精選。

池波正太郎著

獅子

幸村の兄で、「信濃の獅子」と呼ばれた真田信之。九十歳を超えた彼は、藩のため老中酒井忠清と対決する。『真田太平記』の後日譚。

山本一力著

研ぎ師太吉

研ぎを生業とする太吉に、錆びた庖丁を携えた一人の娘が訪れる。殺された父親の形見だというが……切れ味抜群の深川人情推理帖！

山本一力著
いっぽん桜
四十二年間のご奉公だった。突然の、早すぎる「定年」。番頭の職を去る男が、一本の桜に込めた思いは……。人情時代小説の決定版。

山本一力著
かんじき飛脚
この脚だけがお国を救う！　加賀藩の命運を託された16人の飛脚。男たちの心意気と生き様に圧倒される、ノンストップ時代長編！

山本一力著
八つ花ごよみ
季節の終わりを迎えた夫婦が愛でる桜。苦楽をともにした旧友と眺める景色。八つの花に円熟した絆を重ねた、心に響く傑作短編集。

山本一力著
カズサビーチ
幕末期、太平洋上で22名の日本人を救助した米国捕鯨船。鎖国の日本に近づくと被弾の恐れも。海の男たちの交流を描く感動の長編。

山本一力著
べんけい飛脚
関所に迫る参勤交代の隊列に文書を届けなければ、加賀前田家は廃絶される。飛脚たちの命懸けのリレーが感動を呼ぶ傑作時代長編。

山本周五郎著
青べか物語
うらぶれた漁師町・浦粕に住み着いた私はボロ舟「青べか」を買わされた――。狡猾だが世話好きの愛すべき人々を描く自伝的小説。

藤沢周平著
冤（えんざい）罪

勘定方相良彦兵衛は、藩金横領の罪で詰め腹を切らされ、その日から娘の明乃も失踪した……。表題作はじめ、士道小説9編を収録。

藤沢周平著
橋ものがたり

様々な人間が日毎行き交う江戸の橋を舞台に演じられる、出会いと別れ。男女の喜怒哀楽の表情を瑞々しい筆致に描く傑作時代小説。

藤沢周平著
神隠し

失踪した内儀が、三日後不意に戻った、一層凄艶さを増して……。女の魔性を描いた表題作をはじめ江戸庶民の哀歓を映す珠玉短編集。

司馬遼太郎著
燃えよ剣（上・下）

組織作りの異才によって、新選組を最強の集団へ作りあげてゆく"バラガキのトシ"――剣に生き剣に死んだ新選組副長土方歳三の生涯。

柴田錬三郎著
赤い影法師

寛永の御前試合の勝者に片端から勝負を挑み、風のように現れて風のように去っていく非情の忍者"影"。奇抜な空想で彩られた代表作。

宮城谷昌光著
楽毅（一～四）

策謀渦巻く古代中国の戦国時代。名将・楽毅の生涯を通して「人がみごとに生きるとはどういうことか」を描いた傑作巨編！

たそがれ長《なが》屋《や》

—人情時代小説傑作選—

新潮文庫　い - 16 - 98

平成二十年十月一日発行
令和二年十月二十日十九刷

著者　池波正太郎　山本一力　北原亞以子　山本周五郎　藤沢周平

発行者　佐藤隆信

発行所　株式会社新潮社

郵便番号　一六二―八七一一
東京都新宿区矢来町七一
電話　編集部(〇三)三二六六―五四四〇
　　　読者係(〇三)三二六六―五一一一
http://www.shinchosha.co.jp

価格はカバーに表示してあります。

乱丁・落丁本は、ご面倒ですが小社読者係宛ご送付ください。送料小社負担にてお取替えいたします。

印刷・錦明印刷株式会社　製本・錦明印刷株式会社

ISBN978-4-10-139726-9 C0193